JN112987

にぎやかな落日

朝倉かすみ

光文社

にぎやかな落日

朝倉かすみ

装幀　大久保伸子
装画　後藤美月

目次

たんす、おべんと、クリスマス

おもちさんは我が家に着いた。ふたつ、用を足してきた。

お天気がよくてよかった。ここ数日こんなだった。おかげさまで雪がとけた。さすが三月だ。あいかわらずあたり一面真っ白だが、車道と歩道の境界に積まれた雪のかさが減ってきている。といっても、おもちさんの背丈よか高い。ジャイアント馬場（ばば）くらいある。

おもちさんが出かけたのは午前中だった。地面がまだ凍っていた。とけた雪は夜間に凍り、ツルツル路面になる。おもちさんは、ふふふのふーんと鼻歌まじりで調子よく玄関ドアを開けたのだが、外に出たとたんに足を滑らせベッタリと手をついた。起き上がり、少し歩いて、横断歩道をわたるときも転んでしまった。おもちさんの転び方はスローモーだ。「アレ、アレ、あぶない」と思いつつ、ゆっくり転んでいくのだった。満八十二歳。足元がおぼつかないのは、日差しが眩しくて目があきづらいせいだと思う。強い日差しは目にしみる。普段はサングラスで凌いでいた。ちょっとご近所に出かけるだけなのにサングラスをかけるのはあんまりキザだから、今日のところは、よしたのだった。

それはともかく、お天気がいいのはいい。吹雪や大雪よりずっといい。雪は、昼とけて、夜凍るを繰り返すうち、すっかりなくなる。札幌から来た夫婦者が始めた角のパン屋さんのあたりから東風が吹くと早い。みるみるけずられていく。土が見えてくる。春になる。

おもちさんは玄関フードのドアを開け、下駄箱に鍵をしまった。この下駄箱は夫の勇さんが、いつだったか、だれかから貰ってきたものだった。玄関内にも据え付けの下駄箱があるのだが、満杯だったのでちょうどよかった。第二の下駄箱として使っている。

*

あ、勇さんが帰ってきた。バタン！　ちょっと乱暴な音。今、車のドアを閉めた。

おもちさんはソファで七月場所を観ていた。名古屋は暑そうだった。着物を粋に着こなした首の長い女性が扇子を動かしている。おもちさんは渦巻きカリントウに手を伸ばした。何年か前に観に行った大相撲札幌場所を思い出す。あのときも暑かった。名古屋ほどではないだろうが、こっちにしては暑い日だった。若貴がたしか入門したばっかりで、おもちさんの見るところ、いつもふたりで行動していた。いかにも仲よし兄弟だった。大したかわいかった。

おもちさんは渦巻きカリントウを口に入れた。勇さんが車からトロ箱を降ろすのが店の玄関窓から見える。

昭和五十一年に建てた家は、店舗付きだった。おもちさんはお茶屋さんをやっていた。店名は名字に園をつけて、島谷園。若い頃働いていたお茶屋さんの一字を貰って、「○寿園」にしたかったのだが、○に入れるいい漢字が思いつかずに諦めた。お茶屋さんの女主人になるのは、おもちさんの夢だった。家計の足しにもなると思ったのだが、繁盛しなかったので、五、六年で店をたたんだ。

ひとつ、ふたつ、と勇さんの降ろすトロ箱を数えるともなく数えた。今回も大漁だ。釣果はたぶんイカ。なぜなら先週もイカだったから。

勇さんは漁師さんとともにイカ釣り船に乗り込んでいるらしい。勇さんからそれを聞き、娘が「釣りというよりもはや漁では」とカラカラ笑った。イカ釣り船に乗り込むに至った次第を勇さんに訊ねたのだが、勇さんは「すったらこと、なんも、いいべや」と、なぜかまんざらでもなさそうにニヤリとしただけだった。

勇さんは江差の出だ。いまだに訛っている。口も重い。「ほんとにもう余計なことも言わない代わりに大事なことも言わないんだから」というのは、おもちさんの勇さんへの苦情の定番だ。勇さんは、元はブリキ職人だった。昭和四十九年、四十歳で建設会社に就職した。営業担当と聞き、おもちさんは心配した。でも案ずるより産むが易し。勇さんはうまくやっているようだった。取引先の職人さんは、勇さんとなら話しやすいらしい。

勇さんは、一言か二言で会話をまかなう職人気質の人たちと馬が合う。イカ釣り船に乗り込むようになったのも、毎週休みに釣りに行くうち、漁師の吉田さんとなんとなく親しくなり、なんとなくそうなったのだろう。

釣ってきた魚は勇さんが捌く。車庫の傍の水栓柱のあたりに即席の作業スペースを設けて、お魚屋さんで売っているようにしてくれる。ご近所に配るのはおもちさんの役目だ。社交的なおもちさんは、ご近所に知り合いが多い。親密度、お世話になっている度、ものをくれる頻度とその値段を考慮し、配る量を決める。近くに住む息子一家のところには無条件でたくさんあげる。

七月場所の放映が終わってから、おもちさんは持てるだけのレジ袋を持って、店の玄関から外に出た。

まず息子一家のぶん、ざっと二十パイを二枚重ねにしたレジ袋に入れる。それから、「ナントカさんはなんもくれないけど、こないだスーパー行った帰りたまたま会ったら車に乗せてくれて大した助かったから、あげないばならないもね」とか「ナントカさんはまぁま根性よしで、いっつもお菓子くれたり漬物くれたりするから、あげないばこっちの気がすまないんだワ」と一袋につき数ハイずつ入れていく。勇さんが話しかけてくる。

「吉田が下駄箱くれたワ」

「なんでサ」

「要らなくなったってよ」

「デ、どうするのサ」

下駄箱くらいウチにもあるしょ、とおもちさんに突き放され、勇さんは野球帽をちょっと浮かせ、ゴシゴシと頭皮を掻いた。

「車に入ったしな」

入らないかなーと思ったんだけどよ、と車に目をやった。おもちさんも手を止めて車を見た。中古のジムニーは勇さんがお小遣いを貯めて買った車だ。勇さんは釣りだけでなく、山菜採りやきのこ採りにも行く。それ用の車だった。通勤やお出かけには4ドアのサニーを使っている。

「車に入ったらどんなものでも貰ってくるのかい」

アー分かんなくなった、とおもちさんはイカの袋入れを再開した。「これはナントカさんのぶんで、これは」とレジ袋を指で数え直しながら言う。

「ちょっと待ってて。今忙しいんだから」

勇さんはかすかにうなずいた。おもちさんのそばに立ち、手元を眺めていたら、「ボヤーッとしてないで、下駄箱、車から降ろすとかしたらどうなのサ。あんなもの載せた車で、イカ配って歩くの恥ずかしいっしょ」と剣突をくらい、黙って車から下駄箱を引きずり出した。

「早くしないと夕ごはんの時間に間に合わないヨゥ。アーもう遅いかナァ、お父さんがもう少し早く帰ってきてくれたらよかったのに」

言いながらおもちさんは手早くイカの袋入れを終え、ジムニーの荷台に詰め込んだ。水栓柱の蛇口をひねり、ザッとヌルヌルを落とし、

「手、洗ってくる」

と、いったん家に戻ろうとしたところで、駐車スペースにポツンと置かれた下駄箱が目に入った。大きすぎず、ちいさすぎずの手頃なサイズ。おとなしやかなクルミ色の品のいいこと。

「フゥン、わりかしいいモノだね」

顎（あご）を前に出し、下駄箱を注視したあと、おもちさんはイイこと思いついたという顔で勇さんを見た。

「玄関フードんとこに置けばいいんでない？　今使ってる下駄箱、いっぱいだったたっしょ」

両手で目の前の下駄箱の横幅をあらわし、「大きさもぴったりでない？」と勇さんに目を見ひらいてみせた。

「やー、いいもの貰ってきたね」

イカといい下駄箱といい、お父さん、今日は大活躍だワ、と笑うおもちさんはウキウキとしていた。「手、洗って、下駄箱玄関フードに入れて、みんなにイカ配って、帰ってき

たら下駄箱拭いて、靴、入れて」とつぶやきながら、店の玄関引き戸のレールをまたぎ、上半身を後ろにちょっと倒すようにして、「お父さん、ありがとう」と言った。勇さんは「なんもよ」とゆるんだ口元のまま目を逸らした。

*

おもちさんはクルミ色の下駄箱の上に置いた牛乳入れを覗いてみた。

空き瓶が二本入っていた。今日の配達はお休みらしい。牛乳屋さんは、どうも、二、三日に一度来るようだった。そのつど、二本か三本置いていってくれる。空き瓶も持っていってくれる。牛乳屋さんの牛乳は美味しい。割高だけど、重たい思いをしてスーパーで買うよりいい。

コープで買った長靴を脱ぎ、よっこらしょと屈み、出船に揃えて、スリッパを引っかける。爪先を奥まで入れつつテチテチと短い廊下を歩き、居間に到着。手提げをソファに置き、手袋を脱いで、ストーブをつけた。

このあいだまで、外出中でもストーブは消さなかった。夜間も「微小」でつけっ放しだった。月に何万も灯油代がかかったが、うすら寒いなかにいて風邪をひくのはいやだ。それに、冬に灯油代がかかるのは当たり前の真んなかだ。北海道に住む者の宿命だ。歯を食いしばってでも払わなければならないもの、それが灯油代。だがしかし、もうだいぶ暖かい。今日から経済しようと、今朝、おもちさんは心に決めたのだった。今晩から、寝ているあいだはストーブをつけないぞ。なに、ちょっとくらい寒くったって、このあたしが風邪などひくものか。

テレビをつけた。『徹子の部屋』が始まっていた。

あーよかった、間に合った。ひと安心して、帽子を取った。絹糸みたいな白髪があらわれる。ゆるいウエーブがかかっている。

おもちさんは二月に一度、美容院でパーマをかけていた。行くたび、歳のわりに髪の量が多いこと、きれいに白くなっていることを誉められた。そのたび、おもちさんは「そうかい？」と首をかしげてから、「こんなもんでないの？」ととぼけた。「ほんとですって」と返されて、莞爾と微笑する。

クリーム色のダウンコートを脱いだ。ハンガーにかけ、竿上げ棒を使って天井に干す。ダウンコートが濡れていた。お天気はよかったのだから、知らぬ間にどこかの雪のかたまりに触れてしまったに違いない、と思う。

濡れたものはストーブをつけている居間に干すと早く乾く。おもちさんの家の居間の天井は、中央が五角形に凹んでいた。天井の壁紙は白で、五角形部分は藍色だ。家を建てたとき、大工さんがそうしたがった。大工さんは勇さんの古い知り合いで、天井を五角形に凹ませるのがとっても素敵だと考えていたらしく、奥さんの好みにも合うはずだと熱心に勧めた。

おもちさんは五角形の凹みをそんなに素敵と思わなかった。気に入ってなくはなかったが、お客さんに自慢するほどではなかった。でも、凹みと天井の段差に勇さんが五ヶ所も太い釘を打ってくれて、そこに洗濯物を干せるようになってからは、すこぶる気に入った。

手提げのなかを整理してから、帽子と手提げを所定の位置にしまった。電話台の引き出しから帳面を出し、センターテーブルに広げる。小太りのからだをソファとセンターテーブルのあいだに入れ、よっこらせーのどっこいしょと膝を曲げて正座した。先ほどの掛かりを帳面に記入しようとしたら、アッ。眩しくて目があきづらい。センターテーブルの左端の「なんでも入れとく箱」からサングラスを抜き、両手でかけた。日当たりのいい居間は外みたいに明るい。

家を建てたときには、日当たりのよさが嬉しかった。今は邪魔だ。おもちさんは目の病気だった。病名は知らない。お薬手帳に挟んだメモを見れば分かるが、見返したことがない。なんとなればお医者さんから、もう治りませんと宣告されていた。失明を待つばかりの身の上では、わざわざ病名を覚える気になれない。もとよりおもちさんは「病名」にさほど興味がなかった。それはお医者さんが知っていればいい。あたしの仕事はお医者さんの言いつけをちゃんと守ること。そう思っている。だから、おもちさんは三月に一度、先生に言われたとおり市立病院に通っている。市立病院では検査をするだけだった。毎回「お変わりないですか?」と訊かれ、「おかげさまで」と頭を下げる。

帳面をつけ終え、お茶を一杯飲んでから、お昼を食べた。おトーフとネギのおつゆと、納豆ごはん。これで充分、と言い聞かせる。ほんとはつまらない。おもちさんは色のきれいなおかずがちょっとずつ、たくさん並んでいる食卓がいちばん好きだ。でもおかずを何種類もつくるのは、この歳だもの、とってもめんどくさい。おつゆだってようやっとつくったくらいだ。

おもちさんは勇さんとカマドを構える前は家族と暮らしていた。おもちさんの家族は総勢十二人だった。いちばん上の兄ちゃんがサイパンで戦死するまでは、十一人きょうだいの十三人家族だった。おもちさんはきょうだいの五番目で、ごはんは、母ちゃんか、上のふたりの姉ちゃんがつくってくれた。

おもちさんが初めてごはんをつくったのは、勇さんとカマドを構えたときだった。あれは上皇陛下ご成婚の翌年。勇さんは二十六歳で、おもちさんは二十五歳だった。以降、おもちさんはごはんをつくりつづけた。最初は勇さんとのふたりぶん。娘ができて三人ぶん。息子が生まれて四人ぶん。息子がカマドを構えて三人ぶんになり、娘が独立してふたりぶんに戻り、去年とうとうひとりになった。勇さんはもう永久にこの家に帰ってこない。

おもちさんにとって、ごはんはだれかにつくってもらうか、だれかのためにつくるものだった。自分ひとりのぶんを自分でつくる生活にはまだ慣れていない。お客さんもそんなに来ない。

*

よっちゃんが家族を連れてあそびに来た。十二月二十九日だった。一月五日に帰る予定だ。

よっちゃんはおもちさんの妹だ。横浜に住んでいる。旦那さんの山本（やまもと）さんは大工さんで、口の重さでは勇さんといい勝負だ。こどもはふたり。上のお兄ちゃんが小学校二年生、下の妹が来年小学校に上がる。

よっちゃん一家を迎えるため、おもちさんは掃除に精を出した。家は春に建てたばかりだったし、きれい好きなおもちさんのこと、整理整頓はいきとどいていたのだが、念には念を入れた。

当日は、千歳（ちとせ）空港に迎えに行った。勇さんは仕事を抜けて、車を運転した。到着ロビーで顔を合わせた山本さんが「年末の慌ただしい時期に……、すみません……、お世話に……」とちいさな、優しい声で挨拶するのをおもちさんは「なんもいいって！」と遮（さえぎ）った。

車のなかでおもちさんとよっちゃんはずうっと喋（しゃべ）っていた。よっちゃんは目の前のヘッドレストを両手で抱え込むようにして近況を報告し、助手席に座るおもちさんも上半身を後部座席に向けて、近況を語った。よっちゃんのこどもたちは「雪！　雪！」と騒いだ。

勇さんと山本さんはほとんど喋らなかった。妻たちのお喋りを満足そうに聞いていた。

その夜は生寿司を取った。明くる日は市場に買い出しに行った。カニや新巻き鮭なんかを買った。帰ってすぐ、よっちゃんの息子は画用紙に絵を描いた。よっちゃんに「忘れないうちに」とせかされ、市場で売っていたカニを描いたのだった。よっちゃんの娘も画用紙を貰い、床に腹ばいになって、歌を歌いながら、花やお姫さまの絵を描いた。夕ごはんは湯ドーフ。「明日からご馳走がつづくからね」とおもちさんは何度も言った。

大晦日は、昨日の午後に引きつづき、姉妹で料理した。それぞれが結婚生活で培った腕前を披露し合いながら、お煮しめやキンピラやなますをつくった。こどもたちは、おもちさんとよっちゃんのいちばん上の姉ちゃんの息子が映画に連れて行った。山本さんは勇さんと景気の話や互いの仕事の情報交換をしていた。言葉の少ないふたりゆえハカのいかない会話だったが、親交は深まったようだった。晩ごはんはおせち。山本さんが「ほんとに北海道では大晦日におせちを食べるんですねえ」とひとりごちた。ふふん、とよっちゃんが得意げにせせら笑った。「うちも大晦日は北海道流なんだ。おせちのない大晦日なんてねー」とちっちゃな黒目をいきいきと輝かせておもちさんに言い、おもちさんが「ねー」と応じた。

レコード大賞を観ながら、にぎやかに食事した。センターテーブルいっぱいに並んだご馳走に次々と箸が伸びる。よっちゃんの娘がおもちさんに訊ねた。

「おもちおばちゃんは、どうしておもちおばちゃんっていうの？」

「もち子って名前だからだよ。ほんとはまち子だったんだけど、おじいちゃんが役場に届けるとき、『ま』と『も』を間違えちゃってサ、もち子になったんだワ」

おもちさんが答えたら、よっちゃんが口を挟んだ。

「丸顔だし、面白くないことがあるとプーッとほっぺたをふくらませるから、おもちって言われるようになったんだよ」

おもちさんはほっぺたをふくらませてみせた。四十一歳のおもちさんの頰は弾力があり、つやつやしていた。

「『ま』と『も』間違えるか、普通」

おもちさんの息子が言った。中学一年生。「な？」とよっちゃんの息子に笑いかける。

「まともでないね」

よっちゃんの息子が声をあげて笑った。

おもちさんのシャレで居間に笑い声が満ちみちた。室温が柔らかに上昇し、いっそうあったかくなった。笑い声が落ち着いてもあたたかだった。ストーブや、その上に置いたヤカンからのぼる湯気だけでは成し得ないあたたかさだ。

「今となってはまち子よりもち子のほうが、ていうか、おもちさんってすごくお母さんっぽいアダ名だよね」

おもちさんの娘が言った。こちらは高校一年生。

「お母さんって、なんか丸もちっぽいし」

そうつづけ、よっちゃんの娘に「おもちおばちゃんって、すごくおもちおばちゃんって感じしない？」と話しかける。

「するする！」

よっちゃんの娘が声を張り上げた。

「あたし、おもちおばちゃん、だーい好き」と言うと、「おれも」とよっちゃんの息子がつづいた。

「アラ、ありがとさん」

おもちさんは軽い調子で礼を言った。心のなかは喜びでいっぱいだった。

息子も娘もむつかしい年頃になり、普段は平気で親の揚げ足を取ったり、屁理屈（へりくつ）をこねたりして、おもちさんにハラワタの煮えくりかえる思いをさせていたのだが、それがどうだ。歳の離れたいとこにちゃんと気を遣っている。ごはんのときだけでなく、こどもたちが暇そうにポカンとしていたら、さりげなく声をかけてやっていた。おもちさんはいたく感心し、満足し、やはり、あたしの子育ては間違っていなかった、と思わざるを得なかった。

よっちゃんのこどもたちに好かれているのも嬉しかった。おもちさんは元来こどもになつかれやすい。とくにかまった覚えはないのに、知らないこどもが「あそぼう」とやって来たりすることがある。だから、こどもに人気なのには慣れていた。でも、相手がよっちゃんのこどもたちとなると、ひと味違う。心のなかが、ふかしたてのジャガイモみたいにホカホカする。
そして、今年、建てた家。店舗付きの二階建て。お客さんを泊められる部屋があって、客用布団も三組ある。居間の家具はどれも新品。おかげでよっちゃん一家をどうどうと迎えられた。

去年までは、生まれ故郷の小樽（おたる）にいた。家を建てて、住んでいた。一生、小樽で暮らすつもりでいたのだが、勇さんが仕事で知り合った悪党に騙（だま）されて連帯保証人になり、借金を被（かぶ）ってしまった。小樽の家を売って借金を返し、銀行にお金を借りて、石狩（いしかり）に家を建てた。石狩のほうが小樽より土地が安く、勇さんの勤務地である札幌に近かったのだ。

この一件は、おもちさんにとっても、勇さんにとっても、人生最大のピンチだった。毎晩、深刻な喧嘩（けんか）をしたものだ。おもちさんがキャンキャン責め立て、勇さんが怒鳴り返す喧嘩の締めのセリフはおもちさんの「ヤ、ハッキリ言って揉（も）めてる場合でないんだワ」で、あちこち相談に行ったり、よく当たると評判の占い師にみてもらったりして、ピンチを夫婦で乗り越えたのだった。

元旦は地元に残ったきょうだいたちが家族を連れて、おもちさんの家に勢揃いした。二日と三日、よっちゃん一家はおもちさん以外のきょうだいふたりの家に順番に泊まりに行った。四日、おもちさんの家に戻り、きょうだいの噂（うわさ）話に花が咲いた。夕ごはんはすき焼き。「夏だったらジンギスカンにするんだけどサァ」とおもちさんは何度も言った。

明くる日、五日、よっちゃん一家が横浜に帰った。勇さんの車で、千歳空港まで送った。

保安検査場に向かう直前、よっちゃんと山本さんが泣いた。勇さんも泣きそうになっていた。「やめてやめて」とおもちさんはちょっと怒った顔になり、「なんも今生（こんじょう）の別れじゃあるまいし！」とほっぺをふくらませた。

*

おもちさんはお昼ごはんをがんばってたいらげた。

お腹（なか）がすいていても、何口か食べると、「もういい」という気分になる。でもごはんを残すことはできない。バチがあたる。それに「もういい」の気分になっても食べれば食べられる。「もういい」の気分の満腹と、すっかりたいらげたあとの満腹は「感じ」が違う。後者の満腹のほうが少し、しあわせだ。

おもちさんは毎度のごはんを残さず食べるようにしている。どのみち満腹はしあわせだ。しあわせなことなのだ。ひもじいよりずっといい。しかも、このごろでは、なにごとかをやりとげたきもちになれる。

『徹子の部屋』が終わった。ほとんど観なかったが、それがなんだというのだろう。平日の昼過ぎは『徹子の部屋』をつけるものなのだった。四十年近くそうしていた。今さら変えられない。

つづいて始まったドラマを聞きながら、食器を洗った。洗い終え、ソファに戻って、連続ドラマを観る。『越路吹雪物語』。たぶん、そろそろ最終回。こどもだったコーちゃんがすっかり大人になっている。宝塚もやめたようだ。

このドラマを観ると、二番目の姉ちゃんがコーちゃんファンだったことがどうしたって思い出された。

二番目の姉ちゃんは、現在、ボケている。四、五年前に会ったときすでにボケていたので、おそらく、だいぶ進んでいることだろう。あんなにコーちゃんが好きだったのに……、大したもったいつけてレコード聴かせてくれたのに……と娘時代の二番目の姉ちゃんの棒天みたいにふくらませた前髪を思い起こすと、だいぶ切ない。でも、同居している独り者の息子に優しく面倒をみてもらっているようだから、ボケたおバアさんとしては、まあまあいいほうでないの、と思ったところで、首をひねった。アレ？　死んだんだったかナ？

いや、生きてる。うん、生きてる。あーよかった。ほうっと息をつき、おもちさんはきょうだいを上から順に頭に浮かべた。いちばん上の兄ちゃんはサイパンで戦死だ。国から送られてきた箱には砂と小石しか入っていなかった。「ひとバカにして」と母ちゃんが前かけで涙をふいた。グアム島で横井さんが見つかったとき、いちばん上の兄ちゃんもサイパンのジャングルで生きているのかもしれないと思った。母ちゃんに言ったら、母ちゃんもそう思うと言った。

でも、たとえ生きていたとしても、もう歳だから死んでるだろうナァ、と心のなかでつぶやいたら、携帯電話が鳴った。テレビを消す。ドラマは、いつのまにか終わっていた。

「なんでも入れとく箱」から携帯電話を抜き、いかにもココを押してくださいと光っているボタンを押した。耳にあてる。

「ちひろだよ」

「ハイハイ、おもちだよ」

いつもの挨拶をした。一日に二度、東京に住む娘がお電話をくれる。連続ドラマの終わる午後一時と、お相撲の終わる午後六時だ。お相撲があってもなくても夕方のお電話は午後六時だった。

「ヤア、いっつもお電話ありがとう」

「ごはん、食べた？」

これも毎回交わす会話だった。娘はなんでか、おもちさんがごはんを食べたかどうか気にした。

「食べたよ。納豆サ。それとおトーフのおつゆ」

「わたしもそんなもんだよ。納豆はからだにいいよね」

「エーあんたも納豆かい」

ちょっと嬉しくなった。さっきのお昼を娘と一緒に食べたような気がした。だれかと一緒にごはんを食べるのは、おかずが一品増えるのとおんなじだ。

「ごはん一膳、ペロスケ食べたワ」

娘に報告した。

「すごいねえ。えらいえらい」

娘が大袈裟に誉めた。えへへ。おもちさんはくすぐったそうに笑った。しょうことなしに、というふうでもあった。誉められるのはきもちがいいが、アカンボじゃあるまいし、ごはんを食べたくらいで「えらいえらい」はないだろう。歳、取ったんだナァ、と思う。娘にアカンボ扱いされるようになったんだナァ。

「朝から動き回ってたからサー」

娘の「なにしてたの？」の問いに被せて、おもちさんは話した。

「まず顔剃(そ)り行ったっしょ。それからグルーッと歩いてマッサージ。昼までかかったワ。大した疲れた。でも顔剃ってもらえばこんなおバアさんでも、目鼻立ちがハッキリして、顔じゅうピカピカになるもね。トコヤさんのお兄ちゃんがサー、指で皺(しわ)伸ばしてサー、まぁま丁寧(ていねい)に剃ってくれるんだワ、だから、三百円、余計に置いてきた、うん。マッサージはね、やってもらわないばあちこち痛くて、ドもコもならないから、行かないばならないのサァ。週二回行ければいいんだけど、こっちだって毎日なんかかんか用事あるから、行けるとき行くようにしてるんだワ」

「よかったねえ」

娘が言った。さまざまな思い出が、ふと、行き過ぎていくような声だった。

「うん、よかった」

答えて、おもちさんは唇を結んだ。娘の言い方が、やはりアカンボにたいするものに思えた。とはいえ、娘の声には情がこもっている。それが一煎目のお茶のように香った。なんていい香り。でも、だからこそ、じれったくなる。

隅田さんの顔が浮かんだ。近所に住む九十歳のおバアさんで、週に一度は行き来する仲よしさんだ。おもちさんは隅田さんを尊敬していた。隅田さんは元気だ。手押し車があれば、どこにでもひとりで行ける。会うたび拝聴する昔話によると、若い時分は並大抵ではない苦労をしたようだった。でも、ちっともひねくれていないし、いじめた人を怨んでもいない。タクアンとか、おはぎとか、アンズの甘露煮とか、とにかく、ものをくれる。もし隅田さんがおもちさんの今の話を聞いたら、こう言うだろう。

（エーおもちさん、顔剃り行ってんのかい）

（うん、月にいっぺん）

（へえ！　わっちなんかそんなことしたことないワ。どうりでおもちさん、垢抜けてるもね）

（なんも、きもちいいから毎月行かさるだけ。年金生活者だから経済しないばならないんだけどネェ、あのきもちよさには代えられないんだワ）

（そうだ、そうだ。なんも我慢することないって）

（マッサージはサ、行かないですめばそれに越したことないんだけど、雪かきしたら、腰からなにから痛いのサァ）

（あーおもちさん、ひとりで雪かきしてるもね。そりゃゆるくないワ。よくやってるワ）

（ヤ、いちおう市に除雪頼んでるし、大雪ふったら孫が、ウン、男の子のほう、裕太。裕太がスコップ担いで来てくれてネ、大した助けてもらってるヨゥ。マァ、普段はひとりでやるしかないけど、やらないばならないからやってるだけサ。いつまでできるかナーって思うよ）

（したけど、もう春だから！　また冬がきたらそんとき考えればいっしょ）

（そだネェ）

次の冬もひとりで雪かきできるだろうか。できたとしてもその次の冬は、と、入れ子の箱を開けていくように、おもちさんは思った。ちょっと止まらなくなり、その次の冬ができたとして、果たしてその次の次の冬は？　とだれにともなく問いかけていき、……生きてるかナ？　と思ったら、娘の声がかすかに聞こえた。なにか言ったようだ。

「エ？」

「お出かけしたとき、転ばなかった？」

「転ばないヨッ！　あたしはネ、生まれてからイッペンだって転んだことなんかないヨッ！」

なに言ってんのサ、まったくモーと吐き捨てた。娘はおもちさんを実際以上に年寄り扱いする傾向がある。大抵は苦笑いして聞き流しているのだが、たまにすごく腹が立ち、反射的に娘に言われたことを全否定したくなる。「生まれてからイッペンだって○○なんかしたことない」は、そんなときのおもちさんが口にする決まり文句だった。

「またまた」

娘がカラカラ笑った。青い空のいちばん高いところを目がけて放ったボールみたいな笑い声だった。ただただ陽気で、健やかだ。とうに五十を超したのに、娘はまだそんな笑い方をする。おもちさんも釣られて笑った。娘が言った。

「一月に、わたしがそっちに行ったとき、一緒に病院行ったり、買い物行ったりしたでしょ」

「アー、そうだったネェ。あんた、あそびに来てくれたネェ。一月だったかい？」

「一月。あのとき、お母さん、けっこう転んでたよ」

「アレッ、そうだったかい？」

へえ、そうだったのかい、とおもちさんは驚いた。身に覚えがまったくなかった。

「目が悪いからネェ。なんたってあたしは失明を待つばかりの身の上なので」

転んだとしたら、目のせいだった。

「いやいやいや、それ、口癖みたいに言うけど」

娘はさも愉快げに否定し、つづけた。

「一緒に病院に行って、先生に『失明を待つばかりの身の上ですとしょっちゅう言うんですが、どうなんでしょうか』って訊いたら、笑って『加齢黄斑変性ですからねぇ、まー完治しない病気ではあるんですけど、でも、今すぐどうこうということではありませんよ。検査の結果もまずまずですし』って答えてたじゃないの」

「エッ、あんた、先生にそんなこと訊いたのかい」

おもちさんはまたしても驚いたが、わりあい早く、おぼろげに思い出した。娘と先生、ふたりがかりで改めてメンツを潰された気がして、中っ腹になった。立つ瀬がないとか、踏んだり蹴ったりという言葉がまず浮かび、次にそれらの意味するところに呑み込まれ、感情が昂っていく。

「あたしはね、もうずうっと前から先生に『あなたの目は一生治りません。悪くなるだけです』って言われてるの！　一日、一日、見えなくなってってるの！　なんであんなチャチャチャって検査しただけで見立てがコロッと変わるのサ。自分の目でもないのに、医者がナニ分かるっていうのサ。ほんっとにあんたはマァ、親の言うことより医者の話を信じて……。情けないワ」

涙がにじんできた。サングラスを押し上げ、目を擦る。

「情けなくて情けなくて、泣かさるワ。あんなに一生けんめい育てたのに……。そりゃあ至らない点があったと思います。あたしだって、あんたにはもっとあんなことさせてやりたいナァとか、こんなことさせてやりたいナァと思いました。でも、あたしとお父さんはあたしたちのできる精いっぱいで子育てしました」

「あ、わたしは」

言いかけて、娘が口をつぐんだ。

「親に歯向かう気かい！」

おもちさんは怒鳴った。唇がわななき、頬が震えた。からだも震えている。ふう、と息をついてから娘が言う。

「いやいや、今まで育ててもらって感謝してるよ。ありがとうって思ってるよ。不自由なんか感じなかったよ。新学期のときはいっつも新しい上靴買ってくれたしね。洋服だって、洋服屋さんに頼んでつくってくれたでしょ。お母さんとお揃いで。お母さんの選んだ生地でさぁ。あちこちでセンスいいって誉められたよね」

「……大した誉められた」

おもちさんはサングラスを外した。ティッシュで目元を拭き、洟をかみ、話し出す。

「あの生地持ってったら、洋服屋さん、目ぇ丸くしたもね。『念のためお訊きしますが、だいぶモダンな印象になりますけどよろしいですか』ってサ。そこであたしがコウ答えたわけサ。『ハイ、これでお願いします』って。ヤーあの生地、だいぶ探したもね。生地屋さんのすみで見つけてサ、コレだ！　って思ったワ。こんな売れ残りを買う物好きって感じで生地屋さんが言ってくるから、あたし、言ったのサ。『あら、ピエール・カルダン風じゃないですか』って」

「あれ着て、みんなで旅行に行ったね」

「行った、行った。汽車乗ってね。五月。松前城」

おもちさんのまぶたの裏に、お城と桜を背景にして撮った写真が浮き出てきた。おもちさんと娘と息子が写っている。おもちさんと娘はお揃いの大胆な幾何学模様のワンピース。

息子は半ズボンスーツ。どちらもこの旅行のためにあつらえた。洋服だけでなく、靴も帽子もハンドバッグも新調した。勇さんはカメラ係に専念した。カメラももちろん新品だった。宿は取らず、勇さんのいとこの家に泊まらせてもらった。勇さんのいとこは「しっかしハイカラだねえ」と何度も感心し、「勇ちゃん、立派になったねえ」と目を細めた。このいとこはアキコさんといった。太い指に瑪瑙の指輪をはめていた。

「あの人、死んだもね」

もうだいぶ経つワ、とおもちさんがつぶやいた。

「どの人？」

娘に訊かれたが、面倒だったので答えなかった。数秒、沈黙があり、娘が話しかけた。

「でも、お母さん、ぐんぐん元気になって、よかった」

「そうかい？」

おもちさんは首をかしげた。体調は普通だ。「この歳だから、こんなもん」という意味での普通だった。

「声もしっかりしてるし。いやー、あのときは心配した」

「どのときサ？」

「二月。覚えてないの？」

「お相撲ないからネェ。お相撲ないと張り合いなくて」

「オリンピックはあったよ」

「ンー？」

おもちさんは最前と反対の方向に首をかしげた。黒い雨雲みたいな不安がやってきて、あっという間に胸のうちを占領する。なんだろう。なにがあったのだろう。思い出そうとしたら、頭がキューッと痛くなった。忘れてしまったであろうことを思い出そうとすると、いつもこうなる。頭がカッチカチになって縮んでいくような感じ。苦しい。

「ヒントは？」

ようやっと訊いた。

「え？」

面食らったような声を発してから、娘が応じる。

「一、熱が出る。二、咳やクシャミも出る」

「アッ、風邪？　風邪だネ！　あたし、風邪ひいてたのかい？」

ヒャアーとおもちさんは声をあげ、

「だいぶ悪かったんだろうか？」

と声をひそめた。

「かなり心配したよ。長引いたからね。二月いっぱい寝込んでたでしょ」

「アラァ、心配かけてすまなかったネェ」

「熱があるときはこんなにからだがこわくては病院に行けないって言って、熱が下がったら、熱もないのに病院に行くのはへんだって言って。寝てれば治るって言い張っていながら、ごはんも食べたくない、水も飲みたくない、もしかしたら風邪じゃなくて大病かもしれないって言い出すから、病院行ってってお願いしたら、熱もないのに病院に行けって言うのかい、こんなもの寝てれば治るって、もうなんか振り出しに戻っちゃって」

「アー、たしかにそれは、あたしの言いそうなことだね」

おもちさんはうなずいた。風邪をひいた覚えもなければ、寝込んだ覚えもなかった。でも、娘は嘘(うそ)はついていないようだ。と、ボンヤリと記憶が浮かび上がった。

「あたし、トモちゃんに病院連れて行かれたんでなかった？」

「そうそう！　トモちゃんが説得してくれて、病院に連れて行ってくれたの！」

「トモちゃん、おかゆもつくってくれたもね。味噌とタマゴ入ってるおかゆ。あたし、ペロスケ食べたワ」

トモちゃんは息子のお嫁さんだ。しょっちゅう顔を見に来てくれる。車の運転ができるから、お買い物にも連れて行ってくれる。

「わたしがすぐそっちに行けたらよかったんだけどね。なかなかね。ごめんね。……トモちゃんが近くにいてくれてよかったよ。いい人で、ほんとによかった」

「そうなのサァ。トモちゃんはいい人なのサァ。優しいもの。こないだの検査のときも朝から四時くらいまで一緒にいてくれたんだよ。だから、帰りにカツ丼ご馳走したサ。家、帰ったら、次の検査の日もカレンダーに書いてくれてネ。『9時検査。8時半トモちゃん迎えに来る』って。あたしがカレンダーに『トモちゃん』って書くもんだから、トモちゃんも自分のことなのについ『トモちゃん』って書いたんだワ」

あはははは、とおもちさんが笑ったら、娘が真面目な声で訊いた。

「まだ検査あるの？」

「あるよー」

「なんの？」

「なんだか分かんないけど、しっかり調べてもらうのサァ。よっく考えてみればこっちもそのほうが安心だもね。でもだいたい、なんでもないみたいだよ。歳が歳だから、まーいろいろあるにはあるけど、心配しなくていいってサ」

「ああ、そうなの」

娘はいかにも深い考えがありそうにおもちさんの発言を受け取り、明るい声でつづけた。

「そうだね。そのほうが安心だね」

「めんどくさいけどネェ。疲れるし、お金かかるし。病院代だけじゃないっしょ。トモちゃんにご馳走しないば、あたしの気がすまないし」

「そだねえ。病院は疲れるねえ。でもトモちゃんがいてくれるから」

「そうなのサァ。先生の言うこともちゃんと聞いてくれるしね。大した頼りになる。あたしなら、トモちゃんの横に座ってボヤーッとしてるだけだもね」

「トモちゃんが分かってればいいんでない？」

娘の返しにおもちさんは噴き出した。娘は東京に何年も住んでいるのに、おもちさんと話しているうち、ときどき北海道弁に戻る。

「なあに?」

娘が訊いた。娘も笑っている。

「ヤー、べつに」

答えたら、ある疑問が湧き上がった。ちょっと風邪をひいたくらいで、こんなに何度も検査をさせられるのはおかしいのではないか。検査の結果はほぼ無事で、お薬も出ていないから、大きな病気はないと言う医者やトモちゃんの話は真実に違いない。だとすると、あたしはホントーにだいぶ具合が悪かったんだ。念のため何度も検査をしておかなければならないほど、弱ってたんだ。

「あたし、よっぽど悪かったんだネェ」

独白し、

「ひとっつも覚えてないワ」

と言ったら、怖くなった。スーッと音もなく次の間がひらき、そこから冷たい風が吹いてくるようだ。思い切って娘に訊いた。

「あたし、ばかになってるのかい?」

「ない、ない。そんなことないって」

娘が笑いながら打ち消したので、少し、ほっとした。娘が張り切った声で言う。

「あのときは、だって、すごく調子が悪かったから。わたしだって熱が出たら、そのときのこと、よく覚えてないよ」

「エーあんたもかい！」

「そうサ。それに辛かったことを忘れるのは、ある意味しあわせなことかもしれないよ」

「それはないワ」

おもちさんは言下に否定した。

「どんなに辛いことでも覚えてるほうがいいワ。ついさっきのこと、ついこないだのこと、忘れたことからして忘れるのは、大した気味が悪いよ」

「そっかあ。ごめんね」

間が空いた。おもちさんの耳に無音が入ってくる。

「そりゃさびしいサァ」

おもちさんは答えた。「さびしいかい?」と娘に訊かれたような気がしたから。

「あ」

娘はごくちいさく発してから言った。

「そうかあ、さびしいかぁ」

「お父さんがいてくれたらどんなに助かったかしれないよ。でも、お父さんはもう永久に帰ってこない人になったから」

「その言い方だと、お父さんがあの世に行っちゃったみたいだねぇ」

「なに言ってんのサ！　縁起でもない」

おもちさんは気色（けしき）ばんだ。

「……だってお母さんが永久に帰ってこないとか言うから」

娘の声に被せて、お腹から声を出す。

「お父さんは特養に入っただけなのっ。今までみたいに、たまにお泊まりするんでなくて、ずっと入ることになったのっ。もうこの家には永久に帰ってこないのっ。でも、特養にはチャンといるのっ。行けば、いるのっ。でも、だから、さびしいのっ」

ひと息に言い、肩で息をしていたら、娘がゆっくりと応じた。

「そうだねえ。その通りだ」

「そうサ」

ホレみてごらん、と胸を張ったら、急に疲れた。今すぐお電話をやめたくなる。その気配が伝わったらしく、娘が「じゃあ夕方ね」と通話の締めくくりにかかった。

「はいヨゥ、ありがとさん」

おもちさんはお電話を切った。携帯電話を「なんでも入れとく箱」に戻す。外したサングラスもきちんと戻した。午後はやることがなかったので、ソファに仰向（あおむ）けになった。少しのあいだ、うつらうつらした。起き上がって、センターテーブルの下からノートを取り出した。

いつからだったかは忘れたが、このノートを手に取るのがおもちさんの日課になっていた。どこにでもある大学ノートだ。表紙にはおもちさんの字で「たんす、おべんと、クリスマス」と書いてある。意味が分からない。なにを書こうとしていたのかも覚えていない。でも、じいっと見ていると、頭の奥に折りたたんでいた、ちいさくて堅いものがほぐれていくような感じがする。なぜか心がフワリと軽くなる。同時に猛烈に怖くなる。スーッと音もなくひらいた次の間に吸い寄せられそうだ。さようなら、と言いたくなる。今までどうもありがとう、大した世話になったワとか。でもなんで?

なんでもいいか、とつぶやき、おもちさんは大学ノートをセンターテーブルの下にしまった。

コスモス、虎の子、仲よしさん

おもちさんは、また目を覚ました。今度は窓の外が明るかった。

（何時かナ？）

問いかけるでもなく言葉を浮かべる。

（五時と六時のあいだサァ）

答えるでもなく言葉が浮かぶ。あてずっぽうの時刻だったが、浮かんだとたん、ショウノウ船みたいに動き出した。

満八十三歳。お、今日は調子がいいゾ、とかすかにうなずく。頭のなかがいつもよりハキハキとした感じである。

「令和元年七月十六日」

今日の日付をひとりごち、

「昭和だと九十四年、平成なら三十一年」

と付け足した。つづけざまに、ついさっき、ふと閃いた現在時刻の根拠がスイスイと浮かんでくる。

（したって、さっき聞いたボンボンが五つだったからネェ。その前に聞いたボンボンは絶対に四つだったたし、六つのボンボンはまだ鳴ってないしサ）

そこにボンボンが鳴り始めた。ひとっつ、ふたっつ、と数えていく。くっきりと数えられる。残響が邪魔をしない。六つ。

（ホレ見てごらん！　案の定サ、五時と六時のあいだだったワ）

おもちさんはゴロンと寝返りを打ち、柱時計に目をやった。

柱時計はたんすに立て掛けてあった。畳に直置きだ。最初はそうではなかった。仏壇の横の柱の高いところに掛けていた。勇さんが掛けてくれた。

今からザッと四、五十年かそれくらい前だった。おもちさんの母ちゃんが長患いのすえ病院で亡くなって、いよいよ実家をしまう段になり、市内、道内、内地に散らばったきょうだいが集まれるだけ集まって形見分けをおこなった。柱時計はいちばんの人気だった。みんな欲しがった。

母ちゃんがまだ元気で、おもちさんたちきょうだいもまだ若くてイキがよく、それぞれのこどもらが幼かった時分には、お正月、お盆、お彼岸、法事はもちろん、なにかというと実家に集まったものだった。

　でっかい座卓の上にはお煮しめやら「なると」の若鶏やら生寿司やらアジウリやらお銚子やらサイダーやらがにぎにぎしく並び、「おーこりゃゴッツォーだねぃ」と母ちゃんがホクホク顔で繰り返し、食べながら飲みながら口々に近況報告をし合い、合間に早くに亡くなった父ちゃんや戦死したいちばん上の兄ちゃんのいつものエピソード、親戚の噂話を挟みつつ、女たちは代わる代わる洗い物に立ち、男たちは金盥みたいな大きな鍋で燗をつけ、夫婦のどちらかがこどものオシメを換えたり、トイレに付き添ったり、口元を拭いてやったり、トランプの相手をしたりしながら夕方になり夜になり低い天井に蛍光灯がつき、みんなの顔に木版画みたいな影がつき、するとだれかが思い出したように「今、何時？」と視線を上げ、「あらやだ、こんな時間」、「ほんとだ、こんな時間」、「まだいいべや」、「そだネ、もうちょっと」と囁きかわした母ちゃん家の柱時計なのだった。触るとなぜかヌルッとする黒ずんだ柱に掛かっていて、その下に母ちゃんがネジを回すときに乗る踏み台代わりの杉の風呂椅子が置いてあった。

　じゃんけんで勝ち抜き、おもちさんが手に入れた。意気揚々と我が家に持ち帰り、固く絞った雑巾でしっかり拭いた。母ちゃん家の焦げ茶色の柱時計は、湯上がりみたいなサッパリとした顔つきで、夫婦の寝室に掛けられた。今後はおもちさん家で時を刻むのだ。

　そのとき、おもちさんは少しのあいだ柱時計を眺めた。

円い文字盤、スペードをくっつけたような長針と短針、五角形の枠のなかで揺れる振り子。柱時計には母ちゃん家での思い出が逐一記録してあるようだった。おもちさん家での思い出も、ひとつもあまさず記録するはずだ。

　こどもたちが成長し、カマド持ちになり、孫ができ、やれ七五三だ受験だと大騒ぎするうちにおもちさんも勇さんも歳を取り、大抵夫のほうが先に死ぬから我が家だって勇さんが先に逝き、さみしい夜を過ごすおもちさんのまぶたの裏に、母ちゃん家とおもちさん家のを合わせた長い長い思い出話が廻り灯籠に映る影絵みたいに上映されることだろう……。

　そう思ったら、切なさとやるせなさで胸がいっぱいになった。ウッと声にならない声が込み上げ、急いで帳面に書きつけた。薄いヨモギ色の大学ノートである。おもちさんが強烈に書きとめておきたくなった思いや出来事を書いていた。

　表紙にはおもちさんの字で「か　き　も　ち」と記してあった。おもちが作文を書くから「か　き　も　ち」である。名付けたのはおもちさん本人で、帳面はそのときで三冊目か四冊目だった。大学ノートの最後まで書いたら、押し入れにしまう。娘時代に集めていた飴の包み紙を入れた帽子の箱に載せていた。何日か何週間か何ヶ月かが経ち、書きとめておきたいことが出てきたら、大学ノートを買ってきて表紙にまず「か　き　も　ち」と丁寧に書くのだった。

　そんなふうに、おもちさんにタップリ情感を溢れさせた柱時計だったが、一週間も経たないうちに余し物になった。

年代ものの柱時計ゆえ手巻き式で、一日一回ネジを巻いてやらないと止まってしまい、巻いたら巻いたでたいそうやかましい。コッチコッチといやに深刻な音を立てて秒針が進むし、丁度の時間で毎度律儀にボンボン鳴るし、三十分おきにもボーンと鳴る。ウトウトしかけたらボンボンやりだすかボーンときたりして、ハッ、なにごと？　と目が覚める。もともと寝付きがあまりよくなく、眠りも深いほうではないおもちさんだ。ただでさえ寝入りばなを起こされたらなかなか眠れないのに、コッチコッチ、ボンボン、ボーン。安眠できるわけがない。

「アーッ肝焼ける！」

ある明け方、ガバッと布団をはいで、「チョットー！」、またをひらいて足を伸ばし、熟睡中の勇さんの腰を蹴った。

「アンタはマーこんなにボンボンボンボンいってるなかで、よっくマーそんなにグーグーグーグー眠れるねぇ！」

ひとしきり八つ当たりをしてから柱時計を外させ、下駄箱まで運ばせたのだった。ネジが切れるのを待って寝室に戻した。たんすに立て掛け、気の向いたときにネジを回し、アーやっぱりうるさいワと確認していたのだが、おととしの十二月、勇さんが特養に入ってからはネジを回してみることが多くなった。コッチコッチ、ボンボン、ボーン。柱時計は相変わらずやかましいが、なに、どのみち熟睡できないのだ。何度も目を覚ましてしまうのだから、浅い眠りの夜を過ごすお供にちょうどいいかもしれないと思い始めている。

　ベッドを下りた。掛け布団をキチッと直す。

　おもちさんの頭のなかに、ベッドの歴史があざやかに過ぎていった。今日はほんとうに調子がいい。

　このベッドは最近買った。ニトリだ。トモちゃんと選んだ。ニトリまで連れて行ってくれたのもトモちゃんだった。

　トモちゃんが車を運転して、おもちさん家まで迎えに来てくれた。ニトリには、高いのと安いのとそのあいだの値段の、だいたい三種類のベッドがあった。おもちさんはトモちゃんに言われるまま、腰掛けたり、上がったり、下りたり、寝転がったりした。そのつどトモちゃんに「どう？」と訊かれたが、どうもこうもなかった。どれに乗っかっても、ベッドだナ、としか思えない。どれも「いいネェ」と答えておいた。

　おもちさんは生まれてこのかた布団で寝んでいた。家を建て、こども部屋をつくり、そのときからこどもたちはベッドに寝かせたが、おもちさん夫婦は布団のままだった。

　どうしてかというと、建てた家のほとんどの部屋は板敷きで、畳敷きなのは一階の和室と夫婦の寝室だけだったからだ。おもちさんの考えでは、ちょっとした宴会を催すにせよ、お客さんを泊めるにせよ、和室のほうがなにかと便利なのだった。板敷きでは座卓を囲めないし、布団も敷けない。いずれ老人になっていく夫婦の寝室は落ち着いた畳敷きがふさわしく、畳敷きだからベッドは似合わない。

とはいえ狭い居間に二組の布団を敷いて家族四人シシャモみたいにゴロゴロ並んだ借家時代に比べたら、夫婦の寝室を設けたおかげで布団は敷きっぱなしでよくなって、だからまぁ、ベッドみたいなものだった。

夫婦の寝室に本物のベッドがやってきたのは、勇さんが水頭症の手術をしたときだった。勇さんはまだひとりでなんでもできていたが、お布団よりもベッドのほうがからだの負担が少ないと病院から勧められ、レンタルベッドを使うことにしたのだった。

おもちさんがベッドのありがたみを知ったのは、勇さんがスリ足でなきゃ歩けなくなり、おトイレの失敗が多くなって紙パンツを使うようになった頃だった。

勇さんを立ち上がらせるにも、寝かせるにも、紙パンツを穿き替えさせるにも、ベッドのほうが手助けしやすい。背丈は並だがガッシリ型の勇さんは、歳を取ってもズッシリ身の入った太り方をしていた。そこに手足の不自由さが加わったものだから、茶だんすみたいに重かった。

まばたきしたら、まぶたの裏に、勇さんをベッドから立ち上がらせる場面がサアッと過ぎていった。

仰向けに寝ている勇さんがオバケのように差し出す両手の手首をガッチリ摑み、綱引きするみたいにグーッと引っ張り、まず上半身を起こす。

そしたら、勇さんにベッドの手すりを握らせ、背なかやお尻や太腿や膝を押したり、持ち上げるようにしたり、「ココ、ココ、もうちょっと」と叩いたりして、下半身を半回転する手伝いをする。

足を畳に下ろさせたら、ベッドの手すりは握らせたまま、勇さんの空いている腕を両手で摑み、「いいかい、いくよ！　セーノ！」と声をかけて、思いっきり引っ張る。

引っ張るほう、引っ張られるほう、なけなしの筋力を持ち寄り、力を合わせて、ようやく勇さんはふらふらと立ち上がった。勇さんは脳梗塞の後遺症で自分のからだを思うように動かせなかった。おもちさんはおもちさんでペットボトルのフタを開けるのにも難儀するほど非力である。

つづけて、勇さんがオシッコだったかウンチだったかを紙パンツから溢れさせた夜がおもちさんの脳裏をかすめた。

なにやってんのサ、と怒鳴る自分の声。すまなそうな勇さんの顔が実にアワレで、だから無性に憎たらしくて、さらに声を荒らげた。どんだけコッチの仕事増やせば気がすむのサ、アーいやだ、いやだ、あたしがあんたなら死んだほうがマシだと思うけどネ。喚きながら、なんとかお風呂場まで連れて行き、勇さんのお尻をシャワーで洗った。そんなことがあらすじみたいに流れていって、勇さんのお尻がおもちさんのまぶたの裏いっぱいに広がった。肉が落ち、だるんと垂れたお尻だ。ぼけたリンゴの実みたいに、ところどころに打ち身のあとがあった。

おもちさんは、ほんの少しのあいだ、ぼうっとした。特養に入る直前の勇さんとの日々を思い出すと、だいたいいつも、こうなる。

勇さんがごく軽い脳梗塞で検査入院したのは、たしか、十年前だった。水頭症の手術を経て、目に見えて衰えてきたのが三年か、四年前。それから勇さんは、毎日、着実に、ちょっとずつ弱っていった。

おもちさんは全力で介護した。そりゃときどきはキーッとなって怒号を浴びせてしまったけど、胸のうちでは、ずうっと辛抱していた。勇さんが治るまでの辛抱なのか、死ぬまでの辛抱なのか、おもちさん自身にも区別がつかなかった。どちらのきもちもあったと思う。どちらにしても、じっと我慢していたのには変わりない。どちらかを、じっと待っているようだった。

林(はやし)さんの顔を思い浮かべた。くっきりとした目鼻立ちの前髪の長い女性だ。月に何度か訪れ、勇さんのようすをみて、勇さんが一日でも長くひとりで歩いたり食べたりおトイレできたりするように「計画」を立ててくれた。おもちさんの口にする質問、愚痴、ちょっとした生活信条をいつも初めて聞くような顔をして聞き、にこやかに答えてくれたり、親身に励ましてくれたり、尊敬のまなざしで感心してくれたりする。一言でいうと、できた人で、勇さん用のレンタルベッドの手配もしてくれたし、勇さんの通いやすいデイケアも探してくれた。勇さんの入った特養も林さんが見つけてくれた、ような気がする。

どんなに調子がいい日でも、おもちさんは勇さんが特養に入るまでのイキサツが思い出せない。

記憶にあるのは、勇さんが特養に入ることが決定したあとだった。林さんも、トモちゃんも、娘も口を揃えて「このままではおもちさんのほうが参ってしまう」とか「勇さんは施設に入ったほうが安心」というようなことをひたすら繰り返した。

なにを言われても、おもちさんは自分の手から勇さんを取り上げられたような感じがした。ある日突然、何者かに連れ去られた感じもあった。役立たずの烙印を押された、と、これは強く思った。がんばって、がんばって介護したことが、ちょっとバカくさくなった。結局、あたしじゃダメだったんだ、と思った。勇さんがかわいそうでならなかった。勇さんは、もうすっかり見限られたようだった。おもちさんくらいは庇ってやりたかったのだが、どうすることもできなかった。そして結局、みんなとグルになって勇さんを特養に押し込んでしまったわけだが、依然として、おもちさんは胸のうちのどこかで辛抱しているようだった。どちらかを、じっと待っているようだ。

林さんは、いつからだったか、おもちさんの「計画」も立てるようになった。この頃では、もっぱらおもちさんの「計画」を立てている。

林さんがおもちさんの「計画」に本腰を入れ始めたのは、去年、平成三十年、昭和換算九十三年の春とは名ばかりのまだ寒い時期だった。いや、すでに雪があらかたとけた頃だったかもしれない。もしかしたら五月になっていたかもしれないが、とにかく春の最中だった。

そのちょっと前におもちさんは酷い風邪をひいた。おもちさんに言わせると、あらゆる病気は精神のたるみにより発症し、気合と根性で治すものだ。ゆえに病気に罹るのも、ちょっとばかしの症状で病院に駆け込むのも基本的に恥ずべきことだった。さらに昔どこかで聞き及び、琴線に触れた「美空ひばりは熱が四十度あっても舞台を務めた」という情報が胸に残っていて、この程度で寝込んではひばりに笑われる、みたいな感覚があった。

熱でふらついても家事をこなし、新聞を広げ、牛乳を飲み、おみかんをむき、筋子で精をつけていたのだが、気合と根性では追っつかないほど症状が悪化した。這うようにしておトイレに行くのが精いっぱいになったところで、週に一度は寄ってくれるトモちゃんがやって来たのだった。

「……トモ、ちゃ……ん、あた、し……モー……死に、そう……だ、ヨウ」と寝床で弱々しく訴えるおもちさんにトモちゃんはびっくりして、「おかあさん、病院に行かなきゃ」と言った。するとおもちさんは「……もー、少し……動、けるよう……に……なったら、行く……って」と目を閉じた。トモちゃんが「ダメだよ、行かなきゃ。連れてってあげるよ」とつづけると、目を開け、「……風邪、くらいで……お医者、さん、に、行け、って言う、のかいぃぃ」と力を振り絞って怒鳴るので、トモちゃんはおかゆをつくって食べさせたり、ポカリスエットを買ってきて飲ませたりするしかできなかった。

やがて熱が下がった。一ヶ月ほど経ち、ヨタヨタと歩けるようになった。おもちさんはトモちゃんに懇願するように説得され、しぶしぶモリタ内科を受診した。近所のかかりつけ医だ。先代が引退し、今の先生は二代目だった。おもちさんは彼を若先生と呼んでいる。

　若先生は、おもちさんを見て、ギョッとした表情を浮かべ、物言いたげにトモちゃんに視線を移した。トモちゃんは「そうなんです」という顔つきで、うなずくよりほかなかったそうだ。

　おもちさんは、ひと目で分かるほど衰弱していて、ウツロな目をしていた。かかりつけ医の質問に、いつものようにシッカリ答えようとするのだが、その意気込みに頭もからだもついていけないようだった。

　そもそも、風邪をひいたことすら忘れていた。なぜだか倦怠（けんたい）感やふらつきがあり、どうにもパピッとしないのだと回らぬ口で一生けんめい訴えた。簡易的な血液検査の数値は当然のごとく芳しくなく、総合病院での精密検査受診を指示された。点滴を打ってもらったら少しからだが楽になり、おもちさんは「ありがとうございました」と九十度のお辞儀をしたあとトモちゃんに「若先生もなかなかやるね」と耳打ちする元気が出た。

　わずかな期間で、おもちさんは著しく老いが進んでしまったのだった。調子よく走っていた汽車がトンネルに入ったようなものだった。真っ暗だから目が利かないし、なんだか耳も詰まっている。そんな状態で、林さんが以前から日程を組んでいてくれた介護認定の調査があり、三段階特進の要介護2に認定された。総合病院での精密検査の結果、糖尿病だの大動脈瘤（りゅう）だの血栓症だのいろいろ発見された。

おもちさんはひとつも覚えていなかった。すべて、トンネルを抜けたあと、トモちゃんから教えてもらった。おもちさんはビックリした。にわかには信じられなかった。自分の身にそんな大変なことがあったとは。なのにひとつも覚えてないなんて。得体の知れぬ恐ろしさが込み上げてくる反面、なんだか、チョット、騙されているような気がした。

気づいたら、糖尿病治療がスタートしていた。糖尿病教室に通わされたとき、おもちさんはまだトンネルのなかにいた。出口の光が見えていた頃ではあったが、トンネルはトンネル。おもちさんとしては、急に、トモちゃん一味（娘や林さんや総合病院の先生や看護師さんたち）からアレ食べるなコレ食べるな、とにかく食べすぎるな、運動しろとうるさく言われるようになったというわけだ。

だから、言われるたびにポカンとする。ポカンとするたび、トモちゃん一味（おもにトモちゃんと娘）が長い説明をする。おもちさんが酷い風邪をひいたところから始まる話で、聞くたび初耳のおもちさんは、ほんとうにビックリする。

ただし今日のように調子のいい日は別だ。スーッと細い息を吐くように思い出せる。逆に何度も忘れたことのほうが思い出せない。

居間の大きな窓から畠を眺めた。おもちさんの畠である。

家一軒ぶんの広さの土地を、おもちさんひとりで耕した。よそさまの土地だが、ずうっと買い手がついていない。おもちさんが引っ越してきて四十年ほど経つが、その前からずうっと草っ原だったらしい。「売地」の看板も立っていなかったので、見ようによっては、ただの空き地だ。「このくらいならいいかナ?」と、おもちさんはちょっとずつ開墾していき、二年で全面開墾に至った。十年前だったたか、土地の持ち主がフラリとあらわれた。怒られはしなかったが、「いつ土地が売れて家が建つかしれませんよ」と釘を刺された。「エエ、覚悟してます」とおもちさんはコックリうなずき、その日をさかいに「持ち主さんのお墨付き」となった。

野菜づくりは素人だったが、元農家の御隠居さんたちから手ほどきを受けグングン上達、いつしか「もしや元は農家さん?」と訊かれるほど堂に入ったマルチング、トンネル掛け、支柱立て、誘引をやってのけるまでになった。

さらにおもちさんは持ち前の美的センスを発揮し、ダイコン、トマト、ブロッコリ、キュウリといった作物と、コスモス、ヒマワリ、ノボリフジなんかの草花の区画を、色、背丈などを考慮し、上手に組み合わせ、絵画のような畠にした。

絵画は植物たちのいとなみにより、ようすを変えた。ほんのちいさな変化があちこちでひっそりと進行し、ある日突然、記憶のなかとは違う姿になっている。おもちさんは朝な夕な植物たちを見に行かずにいられなかった。わずかの変化の兆しさえ見逃してなるものかと張り切ったのだが、なぜだかいつも見逃した。

「畠あるからノンビリしてられないのサ、ごめんネェ」

と仲よしさんとのお茶飲みをいつもより早めに退席したり、

「手間ひまかけたキウリはネ、我が子みたいにめんこくて、しかもとっても美味しいの」
と野菜への愛情と自慢を手紙に書いたり、
「ヤー、モー生って生ってワヤなんだワ。持ってってもらわないば困るんだって！」
と収穫した野菜をトモちゃんやご近所に配ったりするのも楽しかったが、おもちさんの気分をもっともよくしたのはコスモスだった。

　おもちさんの畠では、道路に面してコスモスが植えてあった。幅はだいたい二間くらいだ。そこに二十本ほどのコスモスが四、五列も並んでいた。風が吹くと、濃いピンク、薄いピンク、たまに白の花びらが、ゴキゲンヨー、ゴキゲンヨーと道ゆく人に挨拶するように、いっせいに揺れるのだった。

　おもちさんは、きっと、おもちさんのコスモスたちは通りすがりの人々の癒しになっていると思った。ふと足を止め、心をどこかに持っていかれたような顔をして、コスモスたちを眺める人が何人もいた。そのようすを見るにつけ、おもちさんは自分がとてもいいことをしていると思わずにいられなかった。自分にしかできない善行をやっているという感覚がヒタヒタと胸に迫り、ときどき、鼻の奥がツゥンとした。善行はひそやかに積むのが上等と知っていても、とても黙っていられなくて、口が堅そうな人を選んで打ち明けたものである。

「トゥーーーーッ」

　口をつぼめ、特に意味のない音声を長く発しながら、おもちさんは畠を眺めつづける。

去年、畠から引退した。徐々に耕作面積を減らしていっての決断だった。畠仕事はゆるくない。体力も気力も使う。だいぶ前から満足のいく畠をつくれなくなっているとの自覚があった。

光り輝く朝日がおもちさんを照らしていた。いつもより透明な日差しだ。遠くまではっきりと見わたせる感じがあった。今日はどうやら目の調子もいいみたい――。眩(まぶ)しいので眉間に皺は寄ってしまうが、おもちさんの口元はゆるんでいた。

(十ばかし若返ったようだワ、ヤ、十五かナ?)

フフフ、と笑っていたら、足音が聞こえた。ドンッ、ドンッ、ドンッと階段を下り、ダン、ダン、ダンと足踏み鳴らして廊下を歩き、ガチャッとドアを開け、「おはよう、お母さん」という言葉を残しておトイレに向かう。

「ハイ、おはよー」

娘の後ろ頭に声をかけた。娘は昨日、帰省した。夜の十時を過ぎていて、おもちさんはお布団に入っていた。遅い時間の到着になるのはお電話で聞いていて、「ヤーこのトシになったら、とってもじゃないけどそんな時間まで起きてられないのサァ、悪いけど寝かせてもらうワ、ごめんネェ」と断り、いつものように八時にはテレビを消して寝室に引き揚げたのだが、一時間ほどで目を覚まし、その後はうつらうつらしながらも、まだかナ、まだかナ、と耳をすましていた。ややあって玄関ドアの開く音が聞こえた。旅行かばんを二階に運ぶ音がしたと思ったら、足音荒く階段を下りてきて、娘は顔をじゃぶじゃぶ洗い始めた。洗面所は寝室の向かいで、おもちさんは娘に「帰ったのかい？　おかえりー」と声をかけた。娘は「えー？」と蛇口を締めて「帰ったよ、ただいまー」と答えてから、また水をザーザー出した。

「最近、オサカナはフライパンで焼いてんだワ」

おもちさんはこんがり焼けたシャケの切り身をふた切れフライ返しに載せ、細長いお皿に移した。冷凍ごはんをチンして、あとはキュウリの酢の物と、納豆と、大根菜とアブラゲのお味噌汁。それとほうれん草の胡麻和えをどっさり。居間のソファに座り、娘とふたり「いただきます」と声を合わせて、センターテーブルで朝食をとった。

「花岡さんが言ってたのサァ。オサカナはフライパンで焼くと後片付けが大したラクだって。味はどうかなーって思ったけど、そんな変わんないし、フライパンならロースターと違ってチャチャッと洗うだけだから、ウン、花岡さんの言う通り大したラクになったんだけどサ。でも花岡さんはシャケを切り身で買ってんだって！　切ってあるしシオしてあるしお手軽だって！　ヤーあたしはネーそれだけはできないんだワ。やっぱりシャケは半身で買って自分でシオして切り身にしないとサァ！　したって厚みが違うっしょ、切り身で売ってんのと、自分で切るのと。うっすい切り身なんて食べた気しないもね」

おもちさんが元気いっぱい喋っているのを娘はウンウンと聞いていた。たまに「花岡さんって斜め向かいの？」とか「あーそうだねー」と確認したり相槌を打ったりしたが、そんなに興味はなさそうだった。視線は自分のごはんとおかずに向いていて、淡々と食べ進めていた。おもちさんの話が一区切りつくと、ようやくおもちさんを見た。「ネー？」というふうに首をかしげるおもちさんに、なにか言おうとしたようだったが、その前に

「ええっ」と目を剝いた。

「いっちばんダメな食べ方」

とカラになったおもちさんのごはん茶碗を指差す。おもちさんはまず納豆をかけてごはんを一膳食べた。これからユックリおかずを食べようと思っているところだった。娘は

「ひえー」と口を動かし、大袈裟に恐れ慄くという顔つきをしてみせている。

「なにがサ」

おもちさんはつい顔がにやけた。なにがなんだかサッパリ分からなかったが、娘とふたりで過ごしているという楽しさがサイダーの泡みたいにシュワシュワ上がってくる。娘はふざけたがりの気味があり、隙あらばおもちさんの言動を面白おかしく茶化そうとする。

「ごはんは最後に食べるようにって言われたでしょ」

お野菜、おかず、ごはんの順って習ったじゃん、ていうか、ここに書いてんじゃん、と娘はテーブルの上の「なんでも入れとく箱」から糖尿病ハンドブックを取り出してページをひらき、おもちさんに見せた。ぜんぜんふざけてなかった。ついさっき「ひえー」と唇をわななかせていたのが嘘みたいだ。

「アーーッ」

おもちさんは悲鳴じみた声をあげ、娘の声を遮(さえぎ)った。

「最初にお腹(なか)パンパンにしないと落ち着かないっしょ！　あんたの言う通りにしてたら、ズーッとなんとなーくお腹すいてて、いつお腹イッパイになったかハッキリしないんでないノォ？」

そんなんだったら食べた気しないもね、そんなボンヤリしたごはんなんてサ！　と箸(はし)をテーブルに叩きつけるようにして置いた。ガチャン！　耳障りな音が立ち、余計に腹が立った。

今日は目が覚めたときから調子がよかったし、束(つか)の間とはいえ娘とのふたり暮らしが始まったしで、とってもいい心持ちだったのに。なんで急にそんなイヤなこと言うのサ。なんでこどものくせに親をイヤなきもちにさせるのサ。「生意気な」という力強い怒りに、なぜか「いじめられた」という被害者意識が混ざり込み、涙が出てくる。

あいにく今日は調子がいいものだから、お野菜、おかず、ごはんの順で食べること、と病院で指導を受けたこともうっすら思い出してしまった。食べすぎてはいけないとかバランスよくとか言われたことも次々思い出す。とても辛(つら)い。なぜなら、つねにお腹パンパンでありたいという欲求が、日を追うごとにおもちさんのなかで脈打つようになっていたからだった。ちょっとこう、止められない感じだった。なぜだか今食べないと！　食べられるうちに食べてしまわないと！　と思わさり、結果的に前より食べらさるのだった。辛い。

「じゃーモー残します！」

とおもちさんは切り口上で宣言し、

「ごちそうさまでした」

と手の甲で涙を拭った。

「まーそう言わずに」

娘は呆れたような猫なで声で「ちゃんと食べないとまたすぐお腹すいちゃうんじゃ……」とか「バランスが……」と言ったが、おもちさんはほとんど手付かずのおかずを台所に運んだ。ラップをかけて冷蔵庫にしまい、「お昼に食べます」とツンと顎を上げた。


「やーでもアレだネ。あたしならスグ機嫌がなおったもネェ。ちょっとくらいの揉めごとなんかアッというまに水に流せるのが、マー、あたしのいいトコなんだよネェ」

竹を割ったような、っていうのかい？　とおもちさんは大きな窓越しに畠へと目を伸ばした。道路っぱたにコスモスがたくさん生えている。こぼれ種が芽を出し、育ったのだった。畠づくりをしていた頃なら、間引いたり植え直したりなんかして整列させたものだが、引退してからは伸び放題にしている。なんでもキチッと整頓させないと気のすまない性分のおもちさんだったが、ワサワサと思い思いのほうを向いたコスモスのようすは悪くないと思っていた。こどもの描いた絵のような味わいがある。それか、定規をあてずに引いた線。

「ほんとだねぇ」

娘は目を細め、笑い出しそうな口元をした。おもちさんのいれたお茶をひとくち飲む。

娘が朝ごはんの食器を洗っているあいだもおもちさんは面白くなさそうだった。スンスン鼻を鳴らしながらテレビに視線を合わせていた。洗い物を終えた娘がソファに戻ってくる途中、テレビの横の扉付きの木箱の上に置いてあったカレンダーを手に取った。おもちさんお手製の永久カレンダーで、月と日にちと曜日がそれぞれめくれるようになっている。傍（かたわら）に立たせた厚紙には、今年の西暦と和暦と昭和換算の年号が書いてあった。

「すごいなー」

「上手にできてるなー」

「便利そうだなー」

娘はわりあい大きな声で独り言を言い、おもちさんは待ってましたとばかりに「そうなのサァ！」とお手製カレンダーの自慢を始めたのだった。とくにこだわったのが昭和換算部分で、「やっぱり、あたしがたくらいの歳になると『平成なん年』より『昭和だとなん年』って考えるほうがスーと鼻の通りがよくなるみたいな感じすんだワ」と語り、一拍置いて娘に訊いた。

「……アンタ今回はどのくらいいれる？」

そうっと息を吹きかけるような声音になった。

「五日間」

娘は歯切れよく即答した。戻る日にちと、家を出る時間をいやにキッパリと告げる。

「フゥン」

おもちさんは壁掛けカレンダーのほうに目をやった。来た日は夜遅くだったし、発(た)つ日は午前の早いうちだから、実質、三日間だ。

「ちょびっとしかいないんだネェ」

つまらなそうに口を尖(とが)らせたら、娘が即座に答えた。

「秋にまた来るよ」

そのときはゆっくりするから、とお茶を飲み干し、さぁて、と言うふうにソファの座面を叩いた。お尻を半回転させて、おもちさんと正対する。なにやら断然とした調子で言った。

「通帳とか保険証書とかそういうやつ、全部出して」

「エッ」

反射的にビックリしたおもちさんだったが、驚いている最中に閃(ひらめ)くように思い浮かんだ。毎日の娘とのお電話でのやりとりのひとつである。「いい機会だし、近いうちにソッチ行って調べるわ」と娘が言い、「ヤーそうしてくれたら助かるワァ。あたしならモーなんも分かんないもネェ」とおもちさんはうっすら涙ぐんで応じ、「なんだか知らないけどアンタは頼りになるネェ、こどもの頃はボンヤリさんだったのにサァ」とかすかに笑ったところまでが鮮明によみがえった。

「ウンウン、そうだったネェ」

時間稼ぎをするような、場つなぎの言葉を口にするうち、おぼろではあるものの全容が立ち上がっていく感触があった。だのに娘が「言って聞かせる」口調でペラペラ喋り出す。

「お父さんが特養に入って、これから毎月いくらかかるんだろう、やっていけるんだろうかって、お母さん、すごく心配してたよね。あたしがた年寄りは今後お金がかかるばっかりで、経済しないとなんないんだけど、あたしはモー目が悪いし、細かいことを考えようとするとアタマ痛くなるし、どこをどやって経済したらいいのかも、なんかの届けを出したら役所だかどこだかからナンカ貰えてけっこー助かるっていうような話聞いたけど、とにかくモーなんもかんも分かんなくて、お父さんがいなくなったから話し相手もいなくてサァ、だいじょぶかナ、だいじょぶかナ、お金足りるかナ、って考え出したら寝れないんだワ、だいぶ切ないヨゥって、五月くらいだったかなー、あったかくなってから急にしつこく言い出してさー……」

聞いているうちにおもちさんはちゃんと思い出した。

勇さんが特養に入ったのはオトトシの十二月だった。入所にあたっての手続きや準備はトモちゃんに頼った。トモちゃんの言う通りに書類に住所氏名などを書き、ハンコを捺した。イオンに連れて行ってもらって勇さんがホームで使うものの買い物をした。缶コーヒーは安い店で箱買いした。一本一本にトモちゃんはサインペンで勇さんの名前を書いてくれた。それが勇さんの入る特養での決まりごとだと言っていた。

　初めての独り暮らしが否応なしに始まってしまい、おもちさんはさみしくて、さみしくて、毎日泣いた。ほんとうに、毎日、オイオイと泣かさった。ちょくちょくようすを見に来てくれるトモちゃんでさえ、毎回とまどうような号泣ぶりで、おもちさん自身もそんな自分を頭のどこかで少し「おかしい」と怪しんだ。

　ばかになっていくような気もした。だけども、ばかを止められなかった。ばかのお風呂に肩まで浸かっているみたいなところで記憶が途絶えて、ハッと気づいたら糖尿病患者にされていた。雪もとけて、久しぶりに通帳を記帳してみたら、年金の半分以上を勇さんのホーム代に持っていかれていて、肝を冷やした。

　ヒュッ、と、息が止まりそうになり、フラフラとした足取りで銀行を出た。独り暮らしのさみしさや勇さんの老いの進行、自分自身の健康問題よりも、経済的な不安というものが、このとき、おもちさんの心配ごと第一位に躍り出たのだった。

「知ってる、知ってる、知ってるってばさってばサァ」

　おもちさんはフシをつけてひとりごち、娘の説明を打ち切った。

「あ、ヨッコラショーのドッコイショー」

　やはりフシをつけてソファから立ち上がり、寝室に向かった。仏壇の下の引き出し。そこに、保険証書、登記簿、年金手帳や年金がらみのお知らせたくさん、さまざまな会員証や契約書が海苔とおかき、ふたつのカンカンに入れてしまってあった。まずはそれらを居間に運ぶ。

すでに娘は待機していた。急須や、まだ使える皺くちゃのティッシュなんかのごちゃごちゃをローテーブルから一掃し、ルーズリーフを広げ、ボールペンを握りしめていた。

「はいよ」

おもちさんが海苔とおかきのカンカンをローテーブルに置く。「我が家の重要書類一」、「我が家の重要書類二」。どちらのフタにもカレンダーの裏におもちさんの書いたラベルがセロテープで貼ってあった。娘はいかにもキッチリ目を光らせてます、というふうにメガネの位置をちょっと直し、

「書類はこれで全部かい？」

とわざわざ声を低くして確認した。帳簿を調べに来た税務署の職員みたいな「感じ」を出そうとしている。税務署職員にも負けなかったおもちさんが娘に負けるわけがない。

「冗談じゃないヨゥ、あたしみたいな真面目一筋、だらしないこと大っ嫌いの几帳面なヒトが大事な書類をバラけさしてしまうもんかね！」

腰に手をあて、仁王立ちした。薄手のスパッツを穿いた足が棒切れみたいに細い。おもちさんは、ここ数ヶ月でめっきり痩せた。その前から体重は少しずつ落ちていた。徐々に目立つようになってきたと思ったら、加速したように痩せたのだった。でも、人間として

の勢いは衰えちゃいない。

「アッ」

大見えを切った直後、おもちさんは思い出した。勇さん関連の書類は別にしてあった。居間の、もっともテレビを観(み)やすいところに勇さんの椅子がある。そのすぐそばに、勇さんだけが使う扉付きのボックスがあって、勇さんがタバコのみだった時分に集めた灰皿やライターや歴代の免許証やサングラスが入っている。そのなかに、老人ホームの契約書やパンフレットをしまっていた。

「コレ、コレ」

おもちさんが取り出して、娘に差し出すと、娘は「それ、それ」と受け取った。やっぱりモレがあったか、みたいな顔つきをしていて、おもちさんはうっすら腹が立った。勇さん関連の書類を忘れたことを責めるような顔をするより、思い出したことを誉(ほ)めればいいのに、と思う。わぁお母さん、すごいね、よく思い出せたね、と言えばいいだけではないか。そんな簡単なことが、なぜ娘はできないのか。

今日はたまたま調子がいいから思い出したけど、いつものあたしなら分かんないんだからね、と心のなかで娘を脅しながら和室に入った。

二段式パイプハンガーの下の段のはしっこにさりげなく引っ掛けたバラのクロスステッチがとっても素敵な巾着からマイナンバーカードと健康保険証とお薬手帳を取り出す。勇さんとおもちさんふたりぶんだ。「はいよ」と娘にわたして、和室に取って返す。

バラの巾着とは反対側の二段式パイプハンガーのはしっこに、やはりさりげなく引っ掛けたオーストリッチのポシェットから通帳を取り出した。勇さん名義だったり、おもちさん名義だったりする地方銀行、都市銀行、ゆうちょの通帳は、それぞれ、キャッシュカード、ハンコ、暗証番号を書いたメモと一緒にビニールのカバーに入れてある。

「ハイよ、これでおしまい」

と通帳類を娘にわたすかわたさないかで、

「こういうのは全部一緒にしちゃ絶対ダメなの！」

と怒鳴られ、いよいよ本気でカッチーンときた。

「一緒にしないと分かんなくなるゥゥッ！」

全力で言い返していたらお電話が鳴った。プン！　顔ごと娘から視線を外し、お電話に出る。

「アッおもちさんかい？　わっちサァ」

隅田さんだった。満九十一歳のご近所さん。おもちさんとは大の仲よしで、「わたし」のことを「わっち」と言う。

「おもちさんもあそびに来ないかい？　来ればいいっしょ」

隅田さんの家には、もはや二名の仲よしさんが集(つど)っているらしい。ひとりは食器を返しにきたところを「なーんも上がってけばいいっしょ」と家に上げられ、もうひとりはスーパーに買い物に行くところを居間の窓から発見されて、「おーい、おーい、こっちだヨゥ」

と大きく手を振られたようだった。おもちさんは、どちらも容易に想像できた。おもちさんもそうやって隅田さんに誘われたことがある。

「ンー、でも娘が帰って来てるしサァ……」

一応渋ってみせたのだが、頬は完全にゆるんでいた。隅田さん家にはたまにオヨバレされるのだが、毎回、抜群に楽しいひとときを過ごせるのだ。

「コッチもおもちさんがいないとなんだか調子出ないのサァ」

隅田さんにこう言われては、たとえ遠方から娘が手助けに来てくれていたとしてもあそびに行かずにはいられない。

「チョット隅田さんトコに行って来る」

晩ごはんまでには帰って来るから！　と、かぶりつきで書類に目を通している娘に言い置いて、家を出た。途中でセブン－イレブンに寄り、自分のぶんのお弁当と、みんなのためのおでんを買った。

「娘がネェ、昨日の夜、帰って来たんだワ」

おもちさんは仲よしさんたちに教えてあげた。こどもや孫の帰省の話題は、よっぽどのことがないかぎり、その日のトップニュースになる。

「ヤッパリかい！」

ちょっと力んだ声を出したのは花岡さんだ。

「二階の電気ついてたから、アレ、ちひろちゃん帰ってきたのかナーって思ってた」と内巻きにした髪を揺する。花岡さん家はおもちさん家の筋向かいだ。町内会が同じで、ふたりとも町内会シニア有志によるカラオケ部に入っている。歳も同じだ。

「そうかい、そうかい、いかったネェ」

隅田さんは大きな笑みを浮かべ、ゆっくりとうなずいた。ひとり用のソファに深ーく腰掛けている。ニトリで買ったひとり用ソファの色は黒一色だが、背面座面両脇に厚かったり薄かったりするクッションや座布団が置いてあり、どれにも隅田さんが余り毛糸でこしらえた実に色とりどりのカバーが被せてあった。背もたれ、肘掛けにもかぎ針編みのパッチワークがかかっていて、たいそうにぎやかな椅子だ。

「そうなのサァ」

おもちさんは笑顔でうなずいた。五日間の滞在ではあるが、正味は三日間だと言うと、

「なぁんだ」と加賀美(かがみ)さんが気の抜けた大声を発した。

「娘が来た、娘が来たっていうから、どんだけいるのかと思ったら、たった三日かい」

薄い唇をペロッと舐(な)めて、クククと笑う。加賀美さんはこのなかでいちばん若い。まだ七十代だ。元はおもちさんや花岡さんと同じ町内会だった。カラオケ部でも一緒だったが、息子夫婦との同居が決まり、お隣の町内会所属になった。引越し先が隅田さん家のすぐ近くだった縁で、おもちさんも花岡さんも隅田さんとお近づきになれたのだった。その点では感謝している。だけども加賀美さんには自分以外のだれかが脚光を浴びると、

引きずり下ろそうとするところがあった。普段は優しくて親切で礼儀正しい人物なので仲よしさんとして楽しく付き合っているのだが、ときどき今みたいに悪い癖が出て、絶交したくなる。たまにだけれど、花岡さんとふたりで、加賀美さんの悪口情報を交換することもある。

「あの子だって仕事があるからね」

おもちさんが言い返すと、

「雑誌とかにナンカ書いてんだよネッ」

と花岡さんが加勢するようにつづいた。

「ン、マー、物書きのはしくれだネ」

おもちさんはお隣の花岡さんに向かってうなずいてみせた。おもちさん、花岡さん、加賀美さんの順でソファに腰掛けている。

「自営業だからサァ、お休みは自分で決めないばならないしょ、そーゆーアレで今回は正味三日になったワケ」

おもちさんはそう付け加えた。すると加賀美さんが上半身をちょっと倒しておもちさんを興味深そうな目でもって覗き込み、

「『そーゆーアレ』って、どーゆーアレ?」

とまぜっ返した。おもちさんは花岡さんと目くばせし、ふたり揃ってフン！　加賀美さんとは反対の方向に顔を向けた。

「……これ、美味しいよネェ」

隅田さんが、おもちさんの持ってきたおでんを突っつくように指差した。

「これもネェ」

隅田さんから借りた食器に加賀美さんが詰めてきた、フキと身欠きニシンの煮物をやっぱり突っつくように指差して、「どっちも美味しいヨゥ」とつぶやき、鼻水を啜り上げた。

隅田さんはケンカの気配がなにより苦手で、察すると、アカンボみたいに涙ぐむ。歳のわりには元気だし、お話しするぶんにはちっともボケていないのだが、ケンカの気配が充満すると、なにかが堪えきれなくなるようだった。

「娘は今回はチョットしかいれないけど、秋にまた来て、そのときはユックリしてくって言ってるんだワァ」

おもちさんがなんでもなさそうに話をつづけると、花岡さんがすかさず「アーそれは楽しみだネェ」と乗ってきて、隅田さんも「よかったネェ、おもちさん」と喜んだ。加賀美さんは「へぇ」とうなずき、こう訊いた。

「娘さん、今回はなんか用事があってきたのかい？」

「そうなんだワァ」

おもちさんは我が意を得たりというように、上半身をちょっと倒して加賀美さんと目を合わせた。その体勢のまま、もう少し近くに、というふうに手招きする。みんなも上半身をちょっと倒し、首を伸ばすようにして、おもちさんを中心にして頭を寄せ合った。おもちさんがヒソヒソ声で話し出す。

「あのネ、あの子、ウチの財産ば調べに来たのサ」

「エーッ」

　おもちさん以外の三人はいっせいに声をあげた。まーまー落ち着いて、というふうにおもちさんは三人を順々に見ていった。

「あ、イヤ、なに、ウチにそんな大した財産なんてないし、マーお父さんとあたしで使い切っちゃう程度でサァ、家と、お葬式代くらい遺せるかナーって、ウン、そーゆー感じなんだけど、あの子はあの子で心配なんでない？　ほれ、あたし、友だち多いし、付き合い多いしで、けっこうパッパカ使っちゃうからサァ。ホントに大丈夫かどうか心配してくれてんのサァ」

　ウンウンウン。おもちさんは短く何度もうなずいた。うなずきながら、「あれ？」と首をかしげる感覚があった。なにかが違う感触がある。違うというか、違ってきたというか、でも当たらずといえども遠からずというか、エーット、と隅田さん家の掛け時計に目を上げた。午後二時を回っている。水晶玉みたいに澄んでいた頭のなかに雲がかかってきたようだった。その実感があった。いつもの自分に戻りつつある。

「したけど！」

　おもちさんは声を張った。手提げから通帳を一冊取り出す。

「あの子に全部を見せたワケじゃないんだよネェ」

あたしだってバカじゃないんだから、とにっこり笑って通帳をヒラヒラさせてみせた。「さすがおもちさん！」、「しっかりしてるワ」と拍手され、小鼻をひくつかせる。気づくと、頭のなかが掃き清められたお寺の庭みたいに片付いていた。仲よしさんっていいナ、とそれだけが浮かんでいる。つづいて、家路につくシーンがまぶたの裏に広がった。おもちさんの畠を左に見てブラブラ歩いて家に帰ると、娘がいて、きっと、晩ごはんの用意をしてくれている。ただいまー。お腹のなかで言ってみると、おかえりー、と返す娘の声が聞こえる。幸せいっぱいのきもちになった。アー今日はなんていい日だこと。

口紅、コート、ユニクロの細いズボン

おもちさんは入院した。今日で九日目だ。カレンダーを持ってきて正解だった。日にちにバッテンをつけているので、何日入院しているか、ひと目で分かる。来週の予定も分かる。来週は用事があった。火曜にカラオケ部の定例会。たぶん行けると思う。なぜなら、もう、どこも悪くない。明日か、明後日(あさって)には退院できるはずだ。でなきゃおかしいと思うのだが、自信はなかった。入院も退院も決めるのは先生だ。おもちさんではない。いくらどんなに元気でも先生が「いいよ」と言ってくれないと、出られない。病院とはそういうところだ。満八十三歳だもの、それくらいは承知している。

入院はだいぶ退屈だ。最初は忙しかった。検査が目白押しで、連日引っ張り回された。頭のなかの写真を撮られたり、喉やお腹(なか)にぬるぬるしたものを塗られて、そこをおトーフ半丁くらいの大きさの堅いなにかでまさぐられたりした。まさぐられつつ、たまに斟酌(しんしゃく)なく押しつけられて、気味悪く痛かった。朝から晩まで血を抜かれたりもした。ほかにもあったが、忘れた。

幾人かの看護師さんに引率されたが、はつらつとした若い看護師さんがおもちさんの係のようだった。おもちさんはその看護師さんが気に入った。「ダメだってばー」とか「おもちさんはしょうがないなぁ」と呆(あき)れる口調がお転婆(てんば)で、大久保彦左衛門(おおくぼひこざえもん)みたいな丸メガネがめんこい。だから、おもちさんはからかうように「なにがどうダメなのサ」と食ってかかったり、「したけどあたしのごはんの盛りなら、まーほんのべっこ(少し)だもね、文句のひとつも言いたくなるワ」と甘えた目つきで訴えたりできる。丁々発止をしているようで面白い。「看護婦さーん」と呼ぶと「看護師です」といちいち訂正してくるのも愉快だった。

そういえば、前におもちさんが自分の係の看護師さんを「あたしのオンリーさん」とふざけて呼んで、それを聞いた娘に「そういう言い方はしないの」と少しきつめにたしなめられたことがあった。えへへと笑ってごまかしたら、「ほんと、ダメだからね」と念を押された。

若い人はときどき、びっくりするくらい厳しい。案外頭が固いと思う。潔癖だからなのだろう。若さゆえの潔癖さが、おもちさんは嫌いではない。ただ、娘はとうに五十を超している。その歳(とし)で「オンリーさん」に目くじらを立てるほど潔癖なのはどうか。だから独りなのではないか。でも口にしたら臍(へそ)を曲げられそうなので言わない。

今はお薬を服み、一日に何回か指に針を刺され、お腹にお注射を打たれている。家にいたときと同じだが、どうもお注射の回数が増えたようだ。家にいたときは、週に二度だったのではなかったか。

ロッカーを見上げた。体勢は変えなかった。仰向けのままだ。頭の後ろで手を組んで、立てた膝にもう一方の足をのせ、爪先をブラブラさせていた。ミッキーちゃんの靴下を履いている。孫の茉莉奈のディズニーランドのおみやげだ。いたましくて貰ったときのまんまで引き出しにしまっていたが、入院を機に下ろした。カワイイ、カワイイと看護師さんらに大好評で、退院したら茉莉奈に教えてやらないば、と思いつつ、ロッカーの側面に貼っておいた月めくりカレンダーの九月と十月を確認した。

毎週火曜と金曜に「田中さん」と書いてあった。当たった！　おもちさんはワッと喜び、こう思った。ホレ見てごらん、やっぱりお注射は週二回だったワ。それくらい覚えてるって。

自宅でのお注射係は田中さんという人だった。田中さんは看護師さんだ。わりと最近、お注射をしに来るようになった。ただお注射だけしていけばいいものを、かならず、ひとくさりふたくさり、場合によっちゃみくさりもむつかしい小言を並べ、無理難題を吹っかけたのち、大した深刻そうな顔つきと声音でもって、「このままでは大変なことになりますよ」とねっとりと脅してくる。

あれさえなきゃいい人なんだけど、とおもちさんは思っていた。

おもちさんのいれたお茶を「美味しいですね」と飲むだけでいいのに。そしたら、「宇治から取り寄せてるからね」とちょっとすまして答えられる。「えーわざわざ宇治から?」と驚かれたら、「なんも通販サ。一回お電話して注文したら毎月届くんだワ。年金生活の身の上だから塩を舐めるような毎日だけど、でも、お茶だけはいいのを飲みたいのサ。あたしはね、こう見えてもそういうのをちっとも贅沢とは思わない人なんだワ。いいお茶飲むと、心がゆたかになるもね」と言える。

そのくらい言わせてくれてもバチはあたらないだろうに、田中さんは言わせない。むしろ言いたくないことを言わせようとする。

田中さんが家にやって来た日のやりとりを思い出した。お注射を打ったあとの、若草色の帳面を前にしての会話である。

おもちさんは一日に食べたものを余さず若草色の帳面に記すよう、田中さんと約束させられていた。朝昼晩の三食を、たとえば「鮭一切れ、キウリ酢の物、ミニトマト三ヶ、トーフとネギのおつゆ、ごはん」と、ちゃんと、真面目に、書いているのに、田中さんは、いつも「これだけですか?」と訊いてくる。顔を近づけ、「ほんとうに、これだけなんですね?」とたしかめる。「これだけだって」とおもちさんが答えると、「『これだけ』でこの数値にはならないはず」と若草色の帳面のちいさな升目を人差し指でトントントン!と忙しく叩く。

若草色の帳面には、おもちさんの書き入れた毎日の食事と、週に二度、田中さんがおもちさんの指に針付きキッチンタイマーのようなものを刺してプクーと出た血で測った「数値」が記入されていた。田中さんは「数値」を指差し、「数値」界隈の話をダラダラとつづけたのち、「オヤツ、食べたんでしょ?」と声をひそめるのだった。

　顔にはハッキリと「なんでもお見通し」と書いてある。大したえらそうだ。おもちさんが帳面に書いた「毎日の食事」より、自分の測った「数値」を信頼している。おもちさんがごまかし、嘘をついたと決めつけ、とってつけたような猫なで声で、でも、容赦なく責めてくる。責め方として、あんまり陰気だ。強い者が弱い者をいたぶるようであり、おもちさんは自分がとても弱い者にされた気がする。

「あたしはね、生まれてからイッペンだってオヤツなんか食べたことないんだワ」

　だから、突然、大きく出る。悔しくてたまらない。命がけで否定したい。年長者なのにアカンボ扱いされた上に嘘つきと非難されるのは、まったくもって心外だ。とくに嘘つきの部分。正直だけが取り柄の人生だった。税務署との一件が脳裏をよぎる。昔、夫の勇さんがブリキ職人をしていた頃だ。おもちさんは経理を受け持ち、コクヨの布張りのバインダーで帳簿をつけていた。勇さんはよろず書類というものが書くのも読むのも苦手で、からっぽやみのところがある。鉄板を折ったり丸めたりハンダでくっつけたりして、屋根や煙筒や茶筒をつくるのは上手だが、経理は任せられない。しっかり者で、マメな性格のおもちさんの出番なのだった。

　帳簿のつけ方は、お茶屋さんで働いていたときに出入りの税理士さんから教わった。飲み込みが早いと誉められたものだ。おもちさんは「先生の教え方がいいから」と謙遜しつつもだいぶ得意で、昔取った杵柄とばかりに、勇さんとカマドを構えてからも張り切って帳簿をつけていた。

毎年キッチリ期日までに確定申告を終えていたのだが、ある年、税務署から電話がかかってきて、「ブリキ屋なのに収入が多すぎる」と難癖をつけられた。なにをどう言っても無駄で、職員たちが家まで押しかけた。おもちさんは五尺に足りぬチビだったが、どうどうと胸を張り職員たちを迎え、気のすむまで帳簿を調べさせ、最終的に彼らに「失礼しました」と頭を下げさせたのだった。

「税務署の人たちが言ったもね。『いやー、奥さん、みごとな帳簿だ』って。したから、あたし、こう言ってやったのサ。『イエ、そんな。我流です』って」

おもちさんは反らした指を揃えて重ねて目を伏せ、再現した。すうっと憤りが抜けていき、疲れた目をして額ににじむ汗をふく田中さんの顔が目に入った。

「暑いかい？」

アイス食べるかい？　とソファを下り、冷蔵庫に近寄った。冷凍庫を開け、アイスモナカを二個、取り出す。一個を田中さんにわたしたと思ったら、もう一個の包み紙を破き、パックリとかぶりついた。「あっ」と声を出した田中さんに言う。

「なんも遠慮しなくていいって。おかわりもあるよ」

今年はお盆過ぎても暑いネェ、北海道だからって油断できないネェ、温暖化サ、温暖化、暑いとアイスのハカがいってかなわないワ、とつづけたら、田中さんが「もうそんなに暑くないですけどね」と前置きして訊いた。

「アイス、好きなんですね」

「だーい好き。夏はアイス食べないば馬力出ないもね」

「毎日、食べるんですか？」

「食べらさるネェ」

お洗濯したり、お風呂入ったり、外から帰ってきたりしたら、食べないでいられないっしょ、と言い、田中さんがアイスモナカに口をつけてないのに気づき、

「こっちのほうがいいかい？」

とセンターテーブルの下からカステラを出した。

「長崎から取り寄せてるんだワ。うん、通販。なんも切り落としだから安いんだ。したけど、やっぱり本場のカステラは違うよネェ、味がネ、コクがあるんだよネ。色もホレ、濃いしょ。いきのいいタマゴ使ってると思うんだワ。いくらでも食べられるけど、あたしは、夜、寝る前にチョベットずつ食べることにしてるのサ。お腹すいてたら寝れないっしょ。お腹すいて寝れないほど切ないことはないもね」

お薬の代わりサァ、とアイスモナカを食べ終えた。おもちさんはもうずいぶん長く就寝前に眠り薬を服んでいたのだが、このあいだ――たしかカッコウが鳴くようになった頃――やめさせられた。気前よく眠り薬を出してくれていたモリタ内科の若先生が、急に

「ボケが進むから」と言い出したのだった。

「アイス、溶けちゃうよ」

　田中さんに言った。

「食べないなら貰うよ。べちょべちょになったのを凍らせるわけにはいかないっしょ」と果物ナイフを握った。果物ナイフはカステラと一緒に、ヨックモックのカンカンにしまってあった。台拭きをまな板にして透明の袋をちょっと苦労してまず切り、立ち上がって茶だんすからお皿を二枚取ってきて、その上に平たく長いカステラを少しずつ透明の袋から出し、切っていった。三切れを立たせ、息を詰め、少しずつずらして配置し、プラスチックの黒文字を添えて、田中さんに勧めた。おもちさんのぶんもこしらえ、食べ始める。あっという間に食べ終え、「あーもう」と田中さんの手からアイスモナカを奪い、「もったいない、もったいないない」とムシャムシャ食べた。

「おもちさん」

　田中さんが静かな声で呼びかけた。おもちさんは身構えた。しまった。直感的にそう思った。と同時になんとなくホッとした。お菓子のあとにスイカや梨やブドウを思うさま食べて口のなかをサッパリさせていることや、茹でたて熱々のつややかに輝く真っ黄っ黄のトウキビを食べていることなんかはバレていない。居ずまいを正し、田中さんが訊ねる。

「いつもこうなんですか?」

「こうって?」

「お菓子食べ放題なんですか?」

「なんも、お客さんが来たときだけサ。一緒に食べないと気を遣って食べてくれないっしょ。あたしもゆるくないのサァ」

「ひとりでいるときでも食べてますよね?」

「たまーにだよ。ほんのチョベット。それくらいの楽しみがないと生きてる甲斐ないもね」

「どうしてノートに書かないんですか?」

「書くとこないっしょ」

「あるじゃないですか、ほら、ここ。『間食』」

「間食です、って正面きって言うほどの量じゃないからネェ」

「オヤツも間食なんですよ」

「アラやだ。オヤツは三時に食べるもんだよ。だからお三時っていうのサァ」

「時間、関係ないです」

田中さんはため息をつき、おもちさんもため息をついた。うっすらと覚えのある会話だ。

「どうどうめぐりだネェ」

真っ白な頭をゆっくり振った。そう、まさに、どうどうめぐり。田中さんとの会話はいつもこうだ。そしてここからが長い。いっこうに先の見えない話が延々とつづくのだった。

田中さんは、一心にドブを掻き回しているようだった。ドブさらいのつもりかもしれないが、おもちさんにはむやみに掻き回しているようにしか感じられない。泥の臭(にお)いがぷんぷんするだけだ。水は流れていかない。

田中さんはもどかしげだが、おもちさんだってもどかしい。おもちさんは思う。田中さんは、なして、あたしのすることなすこと、気にくわないんだろう。なして、わざわざしちめんどくさい言い方をするんだろう。アーア、ちっとも楽しくない。

田中さんはおもちさんの聞きたくないことばかり繰り返し、できそうにないことばかりやらせようとする。娘に言わせると、それが田中さんの「お仕事」だそうだ。言いたくて言っているのではないし、おもちさんを困らせようとしているのでもないらしいのだが、ホントかナ。

「アーいやだ、いやだ」

独り言が出た。カレンダーに書き込んだ「田中さん」が連れてきたモワッとした肌ざわりがまつわりついていた。

追い払おうと背中を掻いたら、斜向(はすむ)かいの新入りがおトイレから戻ってきた。お昼ごはんのあとに入院した人だった。息子さんらしき人が付き添っていて、荷物をロッカーに入れてあげていた。

入院患者ひとりにつき一台あてがわれるロッカーは、上棚付きの枕頭台と洋服かけが一体となっている家具である。向きを変えられるテレビ画面も付いているし、金庫や冷蔵庫も一体化していて、なかなか便利。

よし、とかけ声をかけて、おもちさんはベッドを下りた。にこやかに新入りに近づく。ベッドの枕側の板に貼ってある氏名に目を走らせてから愛想よく訊いた。

「相内さん？　今日から？」

「ハイ」

相内さんはベッドに腰掛けていた。テレビ用のイヤホンを耳に入れようとしていた。

「あたしはね、島谷。シマヤだしの素のシマヤ。島谷もち子。ほんとはまち子だったんだけど、父が役場に届けるとき、『ま』と『も』を間違えちゃってサ。まともでないしょ」

あははは、と笑ったら、相内さんもイヤホンのヒモをもてあそびながら目元をゆるめた。日灼けを重ねたタバコ色の皮膚だが、案外皺が少ない。

「いくつ？　さっきの人、息子さん？」

「今年八十六になるワ。さっきのは次男。無理言ってアルバイト抜けてきてくれたんだ。去年会社クビになってサ、今、アルバイトやってんの。缶詰工場。一日中、魚をカンカンに入れてんだって。口が重くて無愛想だから、合ってるみたいだよ。合ってる仕事するのがいちばんだもね。したからアルバイトでもいいか、と思って。今までどこ行ってもうまくいかなかったからネェ。独り者だし、ボロボロだけど住む家もあるしサ、アルバイトでもなんとかやっていけるっしょ。あれで嫁さんとこどもいたら大変だよぅ」

「エ、八十六だと酉かい？」

「酉。コケコッコ」

「若く見えるネェ。あたしはホレ病気で目方がだいぶ減って皺くちゃサァ。二十キロから減ったもね。前は五十八キロあって、なにしても痩せなかったけどネ、今は食べても食べても減るんだワ。したけど、食べたら食べたで怒られるんだ。そういうややこしい病気なのサァ」

「へぇ、なんて病気?」

おもちさんは首をかしげ、「お腹、かナ?」と訊ねるように答えた。

「うん、お腹、お腹」とうなずき、「毎日、お腹にお注射打たれてるんだワ」とお腹を指差す。「ああ、そうなの」と相内さんは納得し、「あたしはね、もーいろいろ」とイヤホンから手を離し、指を折ってみせた。「なんかネー、あっちもこっちも悪いらしいよ。医者に行くたび病気増えるワ」と茶色いヘアバンドをぐいっと上げた。

おもちさんは大きくうなずいて同意し、「まー悪いとこ見つけるのが医者の商売だし、それにホレ今うるさいっしょ、あとで文句つけられたらヤダから先手先手で病名つけるのサァ」と持論を語り、「どっこも悪くないように見えるけどネェ」としみじみ添えると、相内さんは湯たんぽみたいなかたちの顔の前でゆっくり手を振り「ヤー見えるだけサァ」と謙遜の口ぶりで照れたのち、「自分でも分かるもね。けっこうガタきてんだワ」とフーッと息を吐き、「奥さんこそ、大した元気そうでない? 若いんでしょ?」と訊いた。

「そんな変わらないって。イノシシだもん。昭和十年。十二月に八十四サァ」

元気は元気なんだけどネェ、と襟足(えりあし)の毛をなでつけた。

「先生が出してくれないのサァ。あたしの感じなら来週のアタマには退院なんだけどサ」

さーてどうなるかネェ、となんの気なしに病室の入り口に目をやったら、トモちゃんの姿があった。重そうなレジ袋を提げ、「来週退院はどうかなー」と白くてふっくらとした顔をほころばせながら近づいて来る。おもちさんのベッドは病室のいちばん奥だ。

「この人、トモちゃん。長男のお嫁ちゃん。大したお世話になってるんだァ。長男も長女も東京だからサァ、あたしはトモちゃんが頼みの綱なのサァ」

「エー東京？　知り合い、いるワ。前、隣に住んでた人。転勤族でサ、冬でも外に洗濯物干してガンガラガンにしばらかせてたワ」

「長男はネ、単身赴任なんだ。今年の春からかナ。知らないとこはヤダってズーッと断ってたんだけど、ワガママ言ってたら出世に響くしょ。勤め人の宿命サァ。したけど、カマドふたつになったから、生活ゆるくないんだって。それでもトモちゃんは生活の苦しさを一切顔に出さないで、いっつもニコニコして、あたしによくしてくれるのサァ」

長女はネ、と言いかけたところで、トモちゃんに腕を引かれた。

「長女は一日二回お電話くれるんだ。入院したらこなくなったけどネ。ホレ病院にいると、あたし、独りじゃなくなるっしょ。安心してるんでないかい？」

言いながらベッドに戻ると、長女がおもちさんの入院を知っているかどうかが気になりだした。だれもいない家の居間で、ボタンをビカビカ光らせながら、呼び出し音を鳴らす携帯電話の絵が浮かぶ。携帯電話は置いてきていた。ベッドに下ろした腰を浮かせて、トモちゃんに訊いた。

「あたし、ちひろに入院したって言ったかい?」

「言ってたよー」

トモちゃんはレジ袋からペットボトルのお茶を取り出し、冷蔵庫に入れていた。入れながら、丁寧に付け加える。

「数値」がまったく改善せず、そればかりか悪化するいっぽうなので田中さんが病院と連絡を取り、九月二十五日に急遽(きゅうきょ)受診となったこと。田中さんから連絡を受けたトモちゃんが車を出し、病院に行ったら、即日入院となったこと。そして、荷物を取りにいったん自宅に戻ったときに、「予約を入れてたマッサージ屋さんと、美容院と、おねえさんに電話して教えてたよ」と伝えたのだが、おもちさんの目はトモちゃんの手元に吸い寄せられていた。みどり色や薄い茶色やこげ茶色の飲み物が、レジ袋から次々あらわれる。もう飲み物のことしか考えられない。トモちゃん、アレ、買ってきてくれたかナァ、と思った。アレ、なんていったっけ、ア……、ア……、と頭のなかを探り、そして訊いた。

「綾鷹(あやたか)、買ってくれたかい?」

「買ったよー。おかあさん、好きだもね」

「ヤーありがとう。あたし、綾鷹、好きだもね、綾鷹」

丸椅子に腰掛けたトモちゃんに早速振る舞う。

ペットボトルのフタは開けづらかったので、トモちゃんが取ってくれた。紙コップに綾鷹をドブドブと注ぎ、おもちさんのぶんは華麗なマグカップに注ぐ。紙コップは「いこいの間」とおもちさんが呼んでいる談話室に備え付けてあるのを失敬したものだ。マグカップはおもちさんが自宅で使っていた高級品だった。三越でひと目惚れし、大枚はたいた。持ち手と上下のフチが金色で、本体の地は桃の味がしそうなピンク。そこに、なんだか分からないがいかにも素晴らしい模様が金色で大胆に描いてあって、たいそうまばゆい。貴婦人のコップみたいだ。入院の準備をしていたとき、トモちゃんに「割れるコップは持ち込み禁止なんじゃないかなー」とヤンワリ釘を刺されたが、フフンと鼻であしらった。看護師さんにも強い注意は受けていない。「ほんとはダメなんですけどねー」程度だ。

「アーやっぱりこれで飲むと美味しいワァ。ただでさえ美味しい綾鷹だけど、しょせん出来合いサ。それが実力以上になるんだワ」

両手で持ったマグカップをちょっと持ち上げ、トモちゃんに言う。

「あたし、なんでか、ノド渇いて渇いて、ガブガブ飲まさるんだワ。どうせ飲むなら、こういうきれいなコップで飲みたいもね。やっぱり、人には美しいものが必要なのサァ。美しいものがそばにあるとないとじゃ、きもちの具合が大違いだからね。このコップは高かったけど、なんも高くなくてもいいんだワ。たとえ、ホレ、道ばたに咲いてる野の花一輪でもサ、そうっと摘んでサイダーの瓶にでも挿しとけば、一幅の絵だもね。いーいきもちになって、からだじゅうの血が入れかわる感じするもね。美しいものはいいネェ」

「そうだねー」

「そうサァ」

「お花とか、見飽きないよねー」

「そうなのサァ」

表情がネ、花でもなんでも、見るたび違って、なんぼ見ても飽きないよネェ、とおもちさんはマグカップをテーブルに置き、ベッドに仰向けになった。頭の後ろで手を組んで膝を立て、そこにもう一方の足をのせ、満足そうに息をつく。ハッと思いついたように膝にのせたもう一方の足をピンと伸ばし、ミッキーちゃんの靴下を見ながら「かわいいものもいいよネェ」とつぶやいた。横向きに体勢を変え、肘枕(ひじまくら)をしてトモちゃんに言う。

「あたしは、あたしの気に入った美しいものやかわいいものだけのなかで生きてけたら、どんなにかいいだろうって思うんだワ」

「いや、おかあさん、ほんとそうだワ」

どんなにいいだろうねー、と、トモちゃん。眉と眉のあいだがほどけたようにゆるみ、普段より柔らかな顔になっている。

おもちさんは、ふと、涙ぐみそうになった。トモちゃんはまだ四十代。やりくりだけでひと苦労だろうに、いつもきちんとお化粧し、こざっぱりとした身なりをしている。背の高い美人さんだから、もっともっとオシャレしたいに違いなく、欲しいものがどっさりあるのだろうが、機嫌よく我慢している。それに、優しい。おもちさんの話をよく聞いてくれる。おもちさんが途中で「アレ、これ前にも喋ったかナ」と気づいていながら最後まで話すときでも、初めて聞くようにして熱心にうなずく。

きっとおもちさんの話が上手で、且つ内容に実があり、ゆえに聞くのが楽しいのだと思うが、単純によくできた嫁だとも思う。おもちさんとトモちゃんは性が合うので、嫁と姑というより友だちみたいだと思うのだが、こんな年寄りのたわごとに付き合ってくれてありがたいとも思う。

どっちに転んでも、おもちさんはしあわせ者だった。それはどう考えても掛け値ナシの真実と思わざるを得ない瞬間が、後光みたいに胸に差し込むときがあり、すると深いありがたみが込み上げて、胸も、目の奥も、しっとりとぬるむのだった。

「お金、まだあったかい？」

飲み物を始め、入院中に入り用のこまごましたものを買ってきてもらうため、トモちゃんに五千円、わたしておいた。

「まだぜんぜん大丈夫」

「足りなくなったら言ってネ。まー来週には退院なんだけどサァ」

「いやいや、おかあさん。さっきも言ったけど、来週退院はないと思うよ」

「エーこんなに元気なのにかい？」

「たしかにみるみるよくなったけど、それは毎日バランスのいいごはん食べて、オヤツ抜いて、注射して、お薬服んでるからサ。今、家に戻ったら、すぐ入院する前と同じになっちゃうよ。おかあさん、からだ、だいぶこわくて、起き上がれないときがしょっちゅうあったっしょ」

「あったかもしれないネェ」

「ごはんつくるの大儀で、お菓子やアイスや果物ばっかり食べて、ちょっと動ける日でもセブンで唐揚げとかお赤飯とか菓子パン買って食べてたっしょ。それでますます、からだ悪くなってさー」

「悪循環かい？」

「そうだね」

トモちゃんは少し笑った。おもちさんも釣られて笑う。ふふふ。可笑しいネ。そんな顔でトモちゃんを見たら、トモちゃんが声を改めた。

「その悪循環を断ち切るにはどうしたらいいかってことで、来週あたり、先生とのお話し合いがあるんだよ」

「来週？」

「たぶん木曜。まだ決定じゃないんだけど。決まったら、おねえさんも来るって」

「エッ、ちひろも？」

「うん。電話したら来てくれるって」

「なんもそんな大袈裟にしなくていいのに」

先生とのお話し合いなら、トモちゃんがいれば用が足りるしょ、と口を尖らせるおもちさんだったが、顔はパァッと明るくなっていた。娘と会うのは二、三ヶ月ぶりだった。あのときは一週間くらいいてくれた。おもちさんは入院していなかったから、一週間、娘とふたり暮らしだった。娘は二階の部屋で寝起きした。一階で寝むおもちさんの耳に、宵っ張りの娘の身動きする音が聞こえた。トントントンと階段を下り、冷蔵庫を開け閉てする音も聞こえた。独り暮らしでは聞こえない音だった。だれかがいるっていいナァ、とおもちさんは思った。冷たいお風呂場みたいなさみしさが刺してこない。

「今度は何日くらいいれるかネェ」

「長くなるんじゃないかなー、今回は」

　トモちゃんの答えにおもちさんはまったき笑顔でうなずいた。ようやっと見通しが立った。来週、先生とのお話し合いがすんだら退院日が決まる。だから、エット、再来週かナ？　うん、きっとそう。そしてその後は娘とのふたり暮らし。今回は長いらしいから、ひと月くらいかナ？　ンー、セブンの向かいのつぼ八行って、百円ショップの隣のお寿司屋さん行って、イオンに冬の靴買いに行くの付き合ってもらって、と、ほくほくと算段を立てたら、入院生活がどんなに退屈でも我慢できそうな気がした。どのみち、あとちょっとだし。

「じゃあ、来週のカラオケ部は行けないネェ」

　言ってみたが、そんなに残念ではなかった。町内会シニア有志によるカラオケ部の定例会は月に一度のお楽しみだが、なに、来月も再来月もある。でも、トモちゃんがこう言った！

「先生に訊いてみないと分かんないけど、外出許可が下りたら行けると思うよ」

「そっか、外出許可」

おもちさんはクッキリと思い出した。何度目だったかまでは覚えていないが、入院は今回が初めてではない。前に入院したときも、外出許可を貰って、カラオケ部や美容院や歯医者やイオンに行った。ごはんは病院で食べなければならないし、お注射があるので、時間は制限されるものの、出歩けるのはなにより嬉しい。だって、それはまるごとおもちさんの自由なひとときだ。特にカラオケ部。みんなに会えるし、お喋りできるし、三曲も歌えた上に絶賛されるし、それにそれにオヤツも出る。いくら食べても、だれにもなんにも言われない。おもちさんはガバッと起き上がり、二つ折りにしていた布団をぎゅっと摑んだ。

「したら、トモちゃん、あたし、カラオケ部の前に外出許可貰って、いっぺん家に戻るワ」

「なんで？」

「カラオケ部に着てく服、持ってきてないしょ」

急な入院だったし、先生が「少ーし入院してようすを見たほうがいいね」と言ったので、おもちさんは長くて一週間も我慢すれば退院できると思っていた。下着よりほかの着替えは用意していない。お出かけ用のバッグも靴もコートも、口紅もない。むらさき色の薄手のとっくりセーターと、千鳥格子のズボンに、草色のダウンジャケットを引っかけて入院してしまったのだ。靴は履き古して爪先がハゲちょびた黒っぽい革靴。こんなカッコではカラオケ部に顔を出せない。カラオケ部では「いつもオシャレなおもちさん」で通っている。

「あー、そうだねー」

トモちゃんは、にいっと口の両端を上げた。おもちさんのきもちを察したようだ。すぐにナースステーションに行って、外出許可が貰えるかどうか訊きに行ってくれた。

『徹子の部屋』を観ていたら、ウトウトしたらしい。

ちょんちょんと肩を叩かれ、目を開けたら、娘が「ばぁ」と顔を突き出した。思いのほか近かったので、あわてた。なぜ娘がここにいるのか分からなくなったが、一瞬で思い出した。「アレ、今日だったかい？」と首を動かし、カレンダーを見上げる。十月十日、木曜。バッテンを数えていって十六日目、と確認したところで、また思い出した。そうそう、今日だった。ウトウトするまでは覚えていた。朝ごはんを食べた直後から、今か今かと待っていたのだが、お昼ごはんを食べ終えたら眠気がきたのだった。

「ちょっと早かったけど」

娘は脱いだ半コートを裏表にたたんでおもちさんのベッドに置いた。銀色の肩かけバッグと白いビニール袋を抱え、丸椅子に腰掛ける。

「早いってかい。こっちは待ちくたびれたワ」

ゆるゆるとからだを起こすと、向かいの市田さんが「そうサァ、大した待ってたよぅ」と加勢した。つづいて、斜向かいの相内さんに「きのうの夜から楽しみにしてたもね」と暴露され、隣の安藤さんに「おもちさん、いかったネェ、おめでとう」とことほがれた。三人とも我がことのように喜んでいる。

「ヤーおかげさまで」とおもちさんはベッドから下り、満面の笑みで三方に軽く頭を下げ、「うちの娘。ちひろっていうんだ。飛行機でネ、東京から来てくれたのサァ」と紹介した。「母がいつもお世話になっております」と娘がお辞儀するのを待って、「この人たちには、いっつもよくしてもらってんだ。いい人たちなのサァ」と三人をまとめて誉めた。娘がにこやかに「ほんとにまぁ、仲よくさせてもらって……」とゴニョゴニョしていたら、三人は「なんもなんも、こっちこそ」とか、「おもちさんのおかげで楽しくワイワイやらせてもらってるんだワ」とか、「看護婦さんにこの部屋がいちばんやかましいって呆れられてる」と口々に被せてきて、三〇二の病室がしばし沸いた。

入院患者はあと二名いた。ひとりは群を抜いた高齢者で、車椅子に乗り、洗面台と向き合い、鏡のなかの自分に話しかけている。独り言にはだんだん大きくなるのとちいさいのがあった。大きくなるのは、要求だった。「ミドゥ」が「お水ちょうだい」で、「アゲテェ」が「車椅子から下ろして、ベッドに寝かせて」。大抵おもちさんがナースステーションにひとっ走りして、看護師さんを呼び、要求を満たしてもらう。

もうひとりは点滴を打っている最中だった。我関せずのふうで、テレビに観入っている。同年輩だが、おもちさんたちの会話には積極的に加わらない。聞き耳は立てているようだ。たとえば、おもちさんたちがお昼に朝ごはんの献立をひと品ずつ思い出しているときなどに、「それは昨日」と怒ったように割って入る。この人は、おもちさんの向かいの市田さんが嫌いで、だから、市田さんと仲よしのおもちさんたちともマトモに話をしない方針でいるのだが、間違いは正さなければ気のすまない性分らしく、たまに我慢できずに話に入ってきてしまうのだった。

そんな話を、おもちさんはベッドに腰掛け、ヒソヒソ声で娘に教えた。

病室の興奮はしずまっていた。おもちさんのヒソヒソ声は、おもちさんが思っているほどヒソヒソしていないようだった。「ほかの人に聞こえるって」と娘に幾度も注意されたのだが、「なんも、みんな耳遠いって」とおもちさんは意に介さなかった。まだなにか教えようとしたのだが、娘に「集団生活だから、いろんな人いるよねー。お母さん、気の合う人と同じ部屋になれてよかったね」と言われ、話そうとしていたことがどこかに飛んでいった。

「ほんとにそうなんだワ。あたし、どういうわけか、人には恵まれるのサァ」

ウエーブのかかった真っ白な頭をかたむける。真面目くさった、さもさも不思議そうな表情をしている。

「お母さんがいい人だから、自然といい人が集まってくるんじゃない?」

娘が含み笑いでくすぐるように言った。

「ヤーあたしなんか正直に生きてきただけだけどネェ」

おもちさんは親指の先を舐めるような仕草をして、ひとまず謙遜し、

「したけど、面倒見いいとこあるし、ホガラカだしね。サッパリした気性だから、まー友だちはすぐできるネ」

と噛(か)みしめるように言ってから、「あと、誠実だし」と付け足した。

「オシャレだしね」

娘も付け足した。おもちさんは我が意を得たりとばかりに「ちょっとソレ」と、アーラ奥さんの手つきをし、いっくら歳とっても、ヤッパリみんな、きれいなものが好きなのサァ。カラオケ部でもあたしが赤だのピンクだの着てくと寄ってきて、触りたがるもね。やっぱり人には美しいものが必要なのサァ。美しいものがそばにあるとないとじゃ、きもちの具合が大違いだからね。と一席ぶとうとしたのだが、娘は「あーでも」と躊躇(ちゅうちょ)なく遮(さえぎ)った。トモちゃんのほうが他人のぶんだけ優しい、と思った。娘みたいにアッサリ話題を変えようとしない。

「いろいろあるみたいだけど、ここにいる人たちみんな、総じて元気そうだね、って変な言い方かもだけど、なんか入院してる人に見えないね」

「そう見えても年寄りだからね。病院を出たり入ったりしてる人ばかしだよ。出たり入ったり、出たり入ったりするうちに弱って、家に帰れなくなるのサァ。あたしがたなら、寄

るとさわると、もういつ死んでもいいよネ、って言い合ってるんだよネェ」

　おもちさんは唇を斜めにしてフッと笑った。少し拗ねている。言いたいことを途中で止められた面白くなさが尾を引いていた。だが、ふと口をついて出ただけの言葉が言い終えたとたん縁起でもないものに思えてきて、娘の返す言葉を待たず「でも、今じゃないよ」と急いで足した。どこかで聞いている神さまに「今のナシ」と言っておくようだった。

　いつ死んでもいいけど、今は、まだ、やだ。ブンと頭を振るように思ったら、自宅の居間のセンターテーブルの下にしまっておいた帳面が頭に浮かんだ。表紙に「たんす、おべんと、クリスマス」と書いてある。

　春だったか、夏だったか、ふと思いついて、さーて、と、なにかを書こうとしたことがあった。でも、一文字も書かずに万年筆を置いた。今は、まだ、やだ、と思ったような覚えがある。

　なにを書こうとしたのか、あとで思い出せるように、ほかの帳面に挟んであったメモ紙を移しておいた。たしか、捨てるに捨てられないメモ紙だった。走り書きをしたときの頭のしんがキーンと冷たくなった感じ。プツッと切れて、離れる感じ。強張りながら崩れる感じ。そんな感覚を記憶している気がするのだが、どうにもこうにもあやふやだった。

「だろうね」

　娘はからだをよじって笑った。大きな声を出さないよう気をつけているようで、だから、余計に可笑しくなるらしく、「だろうね、だろうね」としばらく笑っていた。中学生か高校生の女の子みたいだったが、その年頃だったときの娘はこんなに笑わなかった。この世に楽しいことなどひとつもないというふうに、むっつりしていた。ホガラカなおもちさんを軽蔑した目で睨んでいた。

「『今』がずうっとつづくといいね」

ようやっと笑いの収まった娘が言った。

「そうだネェ」

そうだったらいいネェ、とおもちさんはミッキーちゃんの靴下についていた毛玉をむしりとった。靴下は二足持って来ていた。ミッキーちゃんのと、コープで買ったシマシマ靴下。毎日午前中に入るお風呂で昨日履いたぶんを手洗いしている。肌着もそうしている。どちらも力いっぱい絞って、ベッドの柵に掛けておけば一日で乾く。それを繰り返している。ここにいるあいだはずうっとそうするつもりだ。

家に帰っても肌着と靴下は毎日洗う。二槽式洗濯機で。スプーン一杯の粉石鹸を入れ、すすぎの最後に白くてドロッとした柔軟剤を回しかける。ずうっとそうしてきた。これからもずうっとそうする。

ここまで思っておもちさんは立ち止まった。エート、なんだっけ、と胸のうちで見わたす。なんの話してたんだっけ。

あ、「今」だ。「今」の話。娘の言った、「今」の、「ずうっとつづけばいいね」の話。ンー、「今」がずうっとつづくなんてこたないよネェ。けど、「今」を「今」だと思える「今」は、そう思えなくなるときまで、いつまでも、ずうっとつづくのではないか、と、そんな発見がどこからかやって来て、おもちさんの胸にとまった。

「あたし、ひょっとすると、ずうっと生きてるかもしれないネ」

おもちさんが言った。キョトンとした顔つきだった。自分でも意外なことを言っている、というふうだ。

「いいね！　それでこそおもちさんだ」

娘は音を立てない拍手をした。白いビニール袋をテーブルに載せる。キャスター付きのお食事テーブルには綾鷹の入った紙コップと華麗なマグカップしか載っていなかったので、余裕があった。

「じゃーん」と娘が袋から折りたたんだ紺色の布を出す。広げて掲げたら、ズボンだった。

「おみやげ！　ユニクロで買ってきた！」

サイズは勘で、と娘が言った。「おかあさん、痩せちゃったから洋服が全部ブカブカだって言ってたでしょ」とつづける。

「エー」

おもちさんは後ろ手をついて少しのけぞり、浮いた足をバタバタさせた。入院する前、毎日の電話のなかで、おもちさんが話していたことを娘が覚えていてくれた。それがまず嬉しい。

娘のバンザイした手から垂れる細いズボンをよく見てみる。ジーパンってやつだった。

そんなの穿いたことがない。最近の若い人が足にピッタリしたのを穿いているのは知っていた。カッコいいな、と思っていたが、おもちさんには無理と決めていた。あんな細いもの、脱ぎ着にひと苦労する。穿いてる最中だって、窮屈に違いない。おもちさんはオシャレさんだが、窮屈なのは願い下げだ。それにあんなにピッチリしてたら、お股やお尻のかたちが丸分かりになってしまう。どちらもだいぶしょぼくれているが、恥ずかしさに変わりはなかった。

「ヤーあたしにはどうかナァ」

それとなく難色を示した。のに、娘がおもちさんの手を引き、ズボンに触らせる。アレ? 意外と柔らかいゾ。言われるまま、生地をタテヨコに引っ張ってみたら、思いのほか伸びる。裾から手を入れたら、想像以上にあたたかだ。ポカポカするような気がする。

「そういうつくり」だと娘が言った。でもまだ分からない。

「穿いてみて」と娘が誘う。乗ってみることにした。ものは試しだ。なんたってあたしは好奇心のカタマリだからネ。カーテンでベッドを囲い、寝間着ズボンを脱ぐ。お腹が目に入る。しなしな、ぶよぶよの土物野菜みたいだ。おまけに点々とお注射のあと。骨皮筋右衛門(ほねかわすじえもん)の生っちろい足は青い血管が走っていて、こどもの頃、お風呂屋さんで見たおバアさんのよう。こんなんなっちゃうんだネェ。心のどこかでつぶやき、ズボンに足を入れる。もういっぽうの足も入れ、膝まで上げて、立ち上がる。お腹まで引き上げ、ボタンをはめて、チャックを上げた。またベッドに腰掛け、背なかをこごめて裾を折り返し、スリッパを履いて起立。アレ？　いいあんばいだ。細いけど、そんなにピッチリしていない。ボタンはちょっと固かったが、穿いているうちになじむだろう。

「悪くないんでない？」

カーテンを開け、娘に見せた。

「似合う、似合う」

ちょっとゆるかった？　交換してくる？　と訊かれ、おもちさんは、お尻からチャックにかけてなで回し、「ヤ、ちょうどいいワ。あたしくらいの歳だと、これくらい余裕がないと品がなくなるっしょ」と絵に描いたように乙にすました。全身を映せる鏡で見たくなり、そんな鏡を目で探したが、病室だから、なかった。すると娘が携帯電話をバッグから取り出し、お写真を撮ってくれた。なんて便利な世の中。娘と肩寄せ合うようにして、ちいさな四角い画面のなかの自分を見る。思った通りだ。よく似合ってる。

でも、上が寝間着だから、「感じ」がちゃんと摑めない。ロッカーを開け、カラオケ部に着ていった毛のカーディガンを出した。大きめの千鳥格子の柄だ。丸い襟元には波のかたちの金色のテープが縫い付けてあって、タテに並んだ金のボタンはこんもりとふくらんだ面に渦巻き模様が彫ってある。

「これも、もう、ブカブカなんだけどサ」

合わせ式の寝間着の上衣(うわぎ)を脱ぎ捨て、上までボタンをはめたカーディガンをシャニムニ被る。肩と袖と裾のヨレを直し、ポーズを決めた。腰に手をあて、足を片ほう前に出し、顎をツンと上げる。それを娘が携帯電話でパシャリ。

「カッコいいねぇ。ポーズが堂に入ってるよ。モデルさんみたいだ」

「まーたそんなこと言って！」

「いやいや、ほんとに」

ほら、ズボンが細身だから、上はちょっと大きめがいいんだよ、と娘が写真を見せた。

ウワァ。おもちさんは心のなかで快哉を叫んだ。なんて素敵なのサ。フランスの女優さんみたいでない？　ジーパンなのに、あたしが穿くと大したシックだワ。

「マダムって感じだよね」

真っ白な髪がエレガント、と娘も興奮冷めやらぬという声で讃える。おもちさんは娘から受け取った携帯電話を持ち、お写真を見つめた。娘はうまいことを言った。まごうかたなきマダムだ、と思う。

「痩せたからネェ」

かすかに笑い、頬を擦り上げた。貧相なからだになってしまって悲しかった。華奢を通り越して、いかにもヨボヨボの年寄りみたいだ。これなら、まるまると肥えていたほうがいい。会う人会う人に「太りました？」とニヤニヤ顔をされるほうが、「痩せました？」と哀れむ目つきをされるよりずっといい。そう思っていた。でも、痩せてもいいことがあった。たった今、知った。ものによっては着映えする。

「アッ」

携帯電話を娘に返し、ロッカーを開けた。立て掛けていたサテンの手提げを取り出す。持ち手の片側を手首に引っかけ、そこに腕を突っ込み、じれったげにゴソゴソして、口紅を見つけた。トモちゃんに百円ショップで買ってきてもらった手鏡を持ち、口紅を塗る。わりあい濃いピンク。ちょっと紫がかっている。おもちさんの好きな色だ。入院する前、トモちゃんに連れて行ってもらったイオンで買った。トモちゃんにも買ってあげた。トモちゃんはハッキリしない色を選んだ。濃いめのパンストみたいな色だった。

「おー、口紅塗るとますますいいね！」

顔つきまでイキイキしてくるねぇ、と娘が言い、さっきと同じポーズでパシャリ。窓辺に寄ってパシャリ。食事テーブルに手をつき、伏し目でパシャリ。ロッカーにもたれ、腕組みしてパシャリ。どのお写真のおもちさんもカッコよかった。雑誌に載っていてもおかしくないくらい。

「アー、あのコート持ってくればよかったワ」

お写真を見ながら、おもちさんは残念がった。自慢の紫がかった濃いピンクのロングコート。首まわりにコートと同じ色に染めた人工毛皮がついている。もう何年も大事に着ていた。華やかなだけでなく、着心地も抜群だった。軽くてあたたかで、真冬でも寒くない。

「この上にあのコート着るっしょ。したら、カラオケ部のみんな、いつものあたしだと思うしょ。ところがどっこい、脱いだらコレさ。最先端。みんな目ェまるくするワ」

おもちさんは痛快そうに鼻をひくつかせた。「ヤーありがと」と娘に礼を言うのも忘れなかった。「あたしひとりなら、とってもじゃないけど買う気になれなかったワ」と金庫から財布を出し「いくら?」と訊いたら、娘が「いいって。おみやげだから」と答え、「アーそうだったネェ。さっき聞いたのにコレだ」と頭を掻いて財布をしまった。

「あ、おかあさん、お化粧してる」

トモちゃんだった。「どっか行ってきたの?」とおもちさんのベッドのそばで歩を止め、栗色のオカッパをひと揺すり。

「なんも、口紅だけサァ」

今、ちひろとファッションショーしてたのサ、コレ、買ってもらって、とズボンを指差した。「ユニクロ」と娘がトモちゃんに教えたら、トモちゃんはおもちさんに「あれー、よかったね。すごく似合うワ」と言いながら娘に近寄った。「ホレ、お写真。トモちゃんにも見せたげれば?」とおもちさんが娘に促していたら、「おもちさん、素敵ですねぇ」と声がした。クルッと振り向くと、林さんがいた。「ほんと。カッコいー」と感嘆の声をあげたのは田中さん。ふたりともトモちゃんと一緒に来たようだった。

「なしたのサァ、みんな揃って」

お葬式みたいだネェ、とおもちさんがふざけたら、みんな、いっせいに噴き出した。当のおもちさんも噴き出した。ひとしきり笑い、おもちさんがベッドに腰を下ろしたら、林さんが言った。

「四時から先生とお話し合いじゃないですか」

「エッ」

すっかり忘れていた。「今日だったかい？」とひとりごちたものの、ボヤーッと思い出す。「そんなようなことだったネェ」と言い、「ヤー、でも、勢揃いするとは思わなかったワ。てっきりお葬式かと思ったよ」とまたふざけたが、今度はそんなに受けなかった。

皆と同じく申し訳程度の笑みを浮かべる田中さんを見て、おもちさんは思った。めんこいトコあるナァ。普段はヤなことばかし言うけど、わざわざお話し合いに来てくれるなんてサ。見直したワ。

「あと五分もないですよ。おもちさん、着替えなくていいですか？」

林さんは長い前髪を耳にかけ、腕時計を見た。林さんは頼りになる人で、おもちさんを要介護2に押し上げた立役者だ。ある日林さんが呼んでくれた人たちが来て、おもちさんと話をして帰って行った。それから少しして、おもちさんは三段階特進で要介護2になり、家の中の手すりが増えたり、少し経（た）ってから看護師さんが来てくれるようになったりした。その看護師さんが田中さんというわけだ。

おもちさんは「要介護2の人」になったのが、相当ショックだった。

夫の勇さんは「要介護3の人」だ。特養に入っている。勇さんと一コしか違わないのが、おもちさんは情けなかった。勇さんは立ったり座ったりがままならない。震えが止まらず、満足に箸も持てない。たまに動きがピタッと止まって、ややしばらくその状態でいる。表情がうつろで、口はポカッと開けたまま。そんな顔がいくつも並ぶ特養の景色にすっかり溶け込んでいる。その勇さんとたったの一コ違い。

「こんなに元気なのに」と娘に訴えたら、「認定の日は、絶不調だったからねー」と即答された。「ほら、酷い風邪ひいて。だいぶこじらせて」と説明されたが、おもちさんは覚えていなかった。「アーそうだったネェ」と思い出した振りをしたら、思い出したような気がして、「そうだった、そうだった」とうなずいた。「だから、林さんの見込みでは、次回の認定じゃ格下げになるらしいよ」と娘に教えられ、早く「次回」が来ればいいと思った。思っているうち、「次回」が来たような気がした。やがて「今回」と「次回」がごっちゃになり、どっちだったかナ、と考えるのが億劫になり、放っている。もともと考えたくない案件だった。ちっとも楽しいきもちにならないから。

「着替えなきゃダメかい？」

林さんに訊いた。

「ダメってこともないですけど」

林さんが返事をする向こうで娘とトモちゃんが話している。窓を背に、「おねえさん、話してくれた？」、「切り出す前に気分よくさせようとしたら盛り上がっちゃって」、「あー……」、「だからまだ」、「ぶっつけ本番かー」、「だね。ごめんね」、「ううん、そんな」。

「おもちさーん」

丸メガネの看護師さんが呼びに来た。

「行くかい？」

おもちさんは腰を上げる。一行を引き連れて、別室まで歩く。なんだかとても晴れがましい。そもそも姿勢はいいのだが、つねよりもっと背筋が伸びる。足取りも軽やかだ。娘が言った。

「チームおもちの行進だね」

そういうことサ、というように、おもちさんはうなずいた。胸を張って別室に到着。狭い部屋だった。椅子が二列用意されていた。前列右から、娘、おもちさん、トモちゃん。後列に林さんと田中さん。先生が入ってくる。「お。今日はオシャレですね」とニッコリされて、おもちさんはしとやかに頭を下げる。コレがあたしの本来の姿なんだワ、コート着てればもっといいんだけど、と言おうとしたら、先生の説明が始まった。

先生は大きな白黒写真のあちこちを指し棒で軽く叩く。カツンカツンとちいさな音が立つ。お次は大ぶりのテレビそっくりだけどテレビじゃないもの。先生が手元の白いなにかをカチカチやると、画面が切り替わる。黄色。青。ほとんど黒でときどき赤。色違いの表やグラフやダーッと並ぶ数字があらわれる。

先生は喋りっぱなしだ。娘とトモちゃんを交互に見て喋る。あいだに座るおもちさんは素通りだ。おもちさんについてのお話し合いなのに。でも、だれも気にしない。娘もトモちゃんも、先生にウンウンうなずき返してメモをとっている。そうっと振り向くと、林さんと田中さんもメモ帳にどんどん書きつけていっている。

やることがないのは、おもちさんだけらしい。こういうの、なんてったっけ、カ……、カ……、と探る。ア、そうだ、蚊帳の外。

おもちさんの耳が閉じたようになる。目は眠ったようだ。聞き覚えのないカタカナ言葉をがんばって聞こうとし、その意味を追いかけようとすると、頭がキューッと痛くなる。にわかに胸のうちで夜の海みたいなおっかないものが噴き上がり、あ、あ、と思っているうちに呑み込まれそうになり、溺れそうになる。騒々しい不安に駆られ、いてもたってもいられないのに、なぜかしんとした、ばかのようなきもちになる。よるべないばかにさせられたようで、よっく見てごらんと首根っこを押さえつけられ、その姿を見せつけられたようで、エーンエーンと泣きたくなる。早く我が家に帰りたかった。一刻も早く。

煤、まぶた、おもちの部屋

明くる日になっても、おもちさんはうっすら気に病んでいた。思い出すたび、しょんぼりする。思い出すことも、しょんぼりすることも、近頃では珍しかった。急になにかを思い出したり、ふと弱気になったりするのはよくあった。それらのことどもが頭から離れず、乗っ取られたようになったりもした。でも、ごはんを食べたり、だれかとお喋りしたりしているとそっちのほうに気がいって、アレッ？　どちらも消えてしまうのだった。

もともとおもちさんはそのような性分だった。ちょっとくらいイヤなことがあっても、おさんどんしたり、雑巾がけをしたり、洗った敷布をパンパンッと叩いて干したりしているうちに、どうでもいいと思えてくる。嬉しさだったら、も少し長持ちするが、ひとしきり喜ぶと、速やかに「思い出」の箱に移っていく。いずれにしても、いつまでもクチャクチャとしがまない質だった。

とはいえ、忘れたりはしなかった。でも満八十三歳の今では、氷のようにとけてなくなる。水で濡れた感じが残っていたら、「ホラあのとき」と言われたのをきっかけに思い出したような気になるが、カンカラカンに乾いていたら、まったくの初耳だ。その場合の反応は、素直に驚くか、ひとまず話を合わせておくか、とりあえず怒るかの三択となり、どれになるかは、そのときにならないと、おもちさんにも分からない。

今回のように昨日の夕方の出来事が尾を引くなど、もう、ほとんどなかった。出来事自体はぼんやりしていた。頭のなかにいくつかの断片が転がっているというお馴染みの状態だ。違うのは、それにともなう感情だった。なんだか知らないが、どうにも気がかりである。イヤな予感がする。

こんがらがった毛糸玉みたいなやつがお腹のなかにあって、モヤモヤするのだった。毛糸玉には煤が付いているらしく、思い起こすたび黒い粉が飛散して、のどちんこにべったりと貼り付くようだった。

そんなふうにして午前中を過ごし、お昼ごはんを食べた。

病院で出るごはんは、おもちさんのからだを考えた正しいごはんであるらしい。おもちさんにしてみれば、量が少なく、ハッキリしない味付けだ。でも食べる。同室のみんなはなんだかんだと文句をつけてなにかしら残すが、おもちさんは残さない。文句はつけても、たいらげる。三〇二号室で毎回完食するのはおもちさんだけだ。

そりゃそうだろうサとおもちさんは思う。ほかの人は小腹が減ったらオヤツを食べられる。三度のごはんだけが生命線のおもちさんとは違う。そして、こうも思うのだった。ほかの人は、ごはんのときにタクアンや梅干しや味付け海苔（のり）の持ち込みを許されている。にもかかわらず白ごはんを残すなんてどういう了見だ、と。

お昼ごはんのあとはベッドに横になってテレビを観（み）た。『徹子の部屋』の途中からで、お次は石坂浩二（いしざかこうじ）と浅丘（あさおか）ルリ子（こ）の元夫婦が出るドラマ。その終盤でウトウトしだした。いつのまにか寝入ったらしく、だれかに肩を叩かれて目を開けた。娘が「ばぁ」という顔をして、覗（のぞ）き込むようにしている。パクパク口を動かして、なにか言っているようなのだが、聞こえない。「え？　え？」といくら訊（き）き返しても、耳に入ってくるのは知らない人と自分の声だけ。「アレッ、どうしたの？　チョットあたし、どうしたのサ」と手足をばたつかせていたら、娘がイヤホンを外してくれた。病院でテレビを観るときはイヤホンをつけるのだった。

「あーよかった。なにが起こったのかと思ったワ」

おもちさんはゆっくりと上体を起こし、「エーイこんなもの」とイヤホンをテレビに投げつけた。「たまにあるよねー」と娘は笑いながら脱いだ上衣（うわぎ）を丸めて窓の桟に置き、丸椅子に腰掛ける。

「お茶飲んでいい？」

勝手知ったるというふうにミニ冷蔵庫から綾鷹を出し、紙コップに注ぐ。「お母さんは？」と訊かれて、「ヤーあたしは」と遠慮した。思い出したのだった。昨日の夕方の出来事。その断片。まず謝ろうと決心していた。でなければ治まらない心情でいたのだが、今の今まで忘れていた。娘のほうを向いてベッドに腰掛け、スリッパを履き、その爪先を立てた。揃えた腿に両手をのせ、ぎゅうっと握りしめる。

「昨日は、アレだネ、すまなかったネェ」

まことにどうも、というふうに、ふかぶかと頭を下げた。パーマをあてた真っ白い髪から桃色の地肌が覗く。はだけた甚平型の寝間着の襟元からも桃色の肌着が覗いた。

「なにが？」

娘は紙コップから口を外した。

「だから、昨日サ」

おもちさんは顔をあちらに向けて、唇をつぼめたり、横に引っ張ったりした。

「一生の不覚サァ」

言うと、娘は顔を仰向けて笑い声をあげ、一生の不覚といえば、と面白いことを言いたそうな顔つきになった。

「こないだたまたま辞書で引いたんだけど、例文が『大便を漏らすとは一生の不覚だ』だったんだよ、たしかに一生の不覚だよねー」

「そうでなくてサ！」

ちょっとあんた、あたしをなんだと思ってんのサ、とおもちさんは食ってかかった。漏らしてなどいないし、生まれてからイッペンだって漏らしたことなんてない。

「漏らしたのはあんたのほうでしょや！」

「そうなんだよねー」

　小二のときでしょ、いやーアレはまさに一生の不覚だワ、と娘は腕を組んで、ウンウンとうなずいた。そうサ、失礼しちゃうネ。おもちさんはプンとふくれた。瞬間の怒りはまたたくまに流れ去り、風に吹かれたようなきもちになる。「きたないお便所いやなの」と泣きながら遠足から帰って来た娘の汗で濡れた襟足や、買ってやったトッポ・ジージョの水筒や、担任だったイケハタ先生の外国人みたいな奥目が浮かび、「イケハタ先生も亡くなったんだってネェ」と言いかけたが、急いで飲み込んだ。思い出したのだった。

「イヤ、だから、昨日のネ、アレ」

　悪かったナァと思ってサァ。腿の上で手をかさね、足を組んだ。最前よりはリラックスしているが、きまり悪さは残っていて、だから知らずに伏し目になる。

　昨日の夕方、先生とのお話し合いがあった。別室に呼び出され、先生から病状と、今後の治療方針と、注意点を聞かされるのは、もうすぐ退院の合図だった。大抵はおもちさんとトモちゃんのふたりで臨む。おもちさんは先生の言うことにうなずく役、トモちゃんは先生のお話を聞く役である。

　先生のお話は、おもちさんにはむつかしい。先生が口にするのは、おもちさんの馴染みになく、だからといって覚える気にもなれない単語ばかりだ。角の尖(とが)った石ころみたいな硬い雨が絶え間なく降ってくるなか、傘もささずにいるような気分になる。頭がぼーっとしてくるが、がんばってうなずく。この時間をやりすごせば、退院だ。

一秒でも早く終わってもらいたい、その一念でおもちさんはいるのに、トモちゃんはチヨイチョイ先生に質問をしてお話し合いを長引かせる。余計なことを、とおもちさんは思うが、トモちゃんにはトモちゃんの考えがあるので口出しはしない。

「ちょっと、トモちゃん」とか「あたしのことなら大丈夫だから」と小声で注意する場面はあった。おもちさんの目には、熱心に質問するトモちゃんの表情や口調が、ときに先生に歯向かっているように映るのだった。

そんな真似(まね)をして先生の心証を損ね、退院させてもらえなくなったら大変だ。でもそんな事態になったのは一度もなかった。お話し合いがすんで、二、三日もしたら家に帰れた。

昨日のお話し合いは、これまでとは違っていた。トモちゃんだけでなく、東京から娘も来たし、林さんと田中さんも参加した。

おもちさんはにぎやかなのが好きなほうだし、お話し合いの直前に娘からかっこいいズボンを貰(もら)ったこともあって、最初はだいぶ気分がよかった。でも、お話し合いが始まると、すぐにつまらなくなった。いつもと違って、だんだんと悲しくなってもきた。いつもよか人がいるぶん、独りぼっちのさみしさが突き上げてきたのだった。頭数(あたまかず)が増えても、おもちさんの役はうなずきだ。「ご本人」という役も受け持っているのだが、先生がなにを言っているのか知ろうとする意欲はとっくのとうに禿(ち)びていた。馴染みのない単語を追いかけようとすると頭が絞り上げられたように痛くなる。

うなずくだけで精いっぱいなのだった。それでも頭に重苦しい雲が垂れ込め、のぼせたようにクラクラし、気絶しそうになる。なんとか持ち堪えられるのは、「これさえ終われば家に帰れる」からだ。その思いはこどもがクレヨンで描くお天道さまみたいに明るくて、ポカポカとあったかいのだった。

のはずなのだが、昨日はようすがおかしかった。先生の言うことや、参加者とのやりとりの内容は摑めなかったが、「どこかおかしい」のは察せられた。いつものお話し合いにはない引き締まった雰囲気がびんびんと張っていて、ただならぬ感じだった。「これさえ終われば家に帰れる」のなごやかな気配がなく、つねより多い参加人数もあいまって、妙に深刻な空気が充満していて、それがおもちさんを圧迫した。

いやな予感がした。なにかがすごく心配になった。ドキドキ、ドキドキ。鼓動が大きく、速くなる。ドキドキ、ドキドキ。不安でたまらない。目の前が暗くなった。真っ暗になっていった。うなずきもできなくなり、おもちさんは胸を押さえたまま、前屈みでとてもゆっくりと椅子から落ちた。丸メガネの看護師さんに抱えられ、病室に運ばれ、ベッドに寝かされたのだった。

「なんか緊張しちゃってサァ」

ワケ分かんなくなったんだワ、とおもちさんはベッドに後ろ手をついた。顎を引き、エへへと照れ笑い。

「そーんなこと！」

娘は大きく手を振り、少し怒ったような目をした。フゥと息を継ぐと、穏やかな目に変わり、つづけた。

「ぜんぜん気にしなくていいよ。ちょっと長くなっちゃったもんね。こっちこそごめんね。具合が悪くなってるのに気がつかなくてさ」

ねー？　というふうに首をかしげてきたので、おもちさんも、んー？　というふうに首をかしげた。

「そっかい？　そんならいいけどサァ」

立ち上がって娘の紙コップに綾鷹を注ぐ。気がかりがひとつ消えて嬉しい。ストンとベッドに腰を下ろし、あと、トモちゃんと林さんと田中さんにも謝らないと、と思っていたら、「っていうか」と娘がおもちさんから綾鷹を受け取った。「ほんと、そんな気にしなくていいよ」とおもちさんのマグカップに綾鷹を注ぐ。

「お母さん、昨日もわたしたちがお話し合いから戻ってようす見に行ったら『アー情けない、人間、こんなんなっちゃおしまいだ』とか言い出して、みんなでなんでもないって励ましたけど、『いーや、あたしはもうダメだ』って歯、食いしばっちゃって、エッ、エッって嗚咽(おえつ)っていうの？　そういうの漏らすからかなり心配したけど、ごはんの時間になったら普段通りモリモリ食べて、さすがおもちさんってみんな安心したんだよ」

「アレー」

そうだったかネェ、とおもちさんは酸っぱいものを食べたように顔をクシャッとさせて、おでこに手をやった。言われればそんな気がする。

「あたしはネ、食だけはいいのサァ」

お熱があってもお茶碗一杯はビンと食べれるからネェ、と襟を抜くような仕草をして、すましてみせた。「タクアンか味付け海苔があればだけど」と補足し、「いくらあたしでも白ごはんだけじゃ無理サァ」とつづけた。「だよねー、おかずがないとねー」と機嫌よく調子を合わせる娘を見て、思い出した。いやな予感のこと。お話し合いのときに感じた不安。

「ンーと、あんた、いつまでこっちにいられる？」

ロッカーの側面に貼ったカレンダーを見上げた。指をさしたまま立ち上がり、今日の日付を指し示す。今朝サインペンでバッテンを付けた十月十一日。金曜。入院十七日目。

「当分いるよ」

「フゥーン」

なんでか知らないが、いやな予感の厚みが増した。毛糸玉はいよいよこんがらがり、黒い煤がドンドン飛散する。どういう仕組みかは不明だが、おもちさんのまぶたが重たくなった。眠たいような感じがする。なのに口が動く。

「あんた、あの家にいるんでしょ、ひとりでさみしくないかい？　マーあたしもそろそろ退院だし、したらこんなおバアさんでも話し相手になれるっしょ、一緒にごはんも食べに行けるし、それにあたし冬の靴も買いたいのサァ、なんもイオンでいいんだ、ホレ痩せたから靴がブカブカなのサ、十二月は忘年会やらパーティやらあるしネェ、ウン、華やかな席。これでも付き合い多いんだワ、洋服はちょっとくらい大きくても我慢できるけどブカブカの靴なんて履いてられないのサァ」

「あー……」

そっかぁ、と娘はおもちさんを見た。おもちさんは見られていることを強く意識した。まぶたが下がってくる。目が悪いので、もとより娘の姿はぼやけているのだが、もっとぼやける。だのにくっきりと覚(さと)ってしまった。娘は、きっと、とても言いにくいことを、これから言う。それは、きっと、おもちさんのいちばん聞きたくないことだ。

「お母さんの病気、お母さんが思っているよりよくないの。毎日バランスのいいごはんを食べて、毎日お注射をしないといけないって先生が言うの。そしたら今まで通りにしていられるんだって。カラオケ部にも行けるし、お友だちとも会えるし。しょっちゅう入院しなくてもよくなるかもしれないの」

なーんだ。おもちさんはフウッと息を吐いた。「病気はおもちさんが思っているほどよくない」は言われ慣れているセリフだった。「バランスのいいごはん」もしかり。「毎日お注射」が新たに加わっただけだ。

「分かった。デ、いつ退院？」

「いや、分かってない」

娘はかすかに笑って即答し、話をつづけた。

「具合悪くなって入院したら、わりとすぐ調子よくなるでしょ？　あれはやっぱりバランスのいいごはんだけを食べてるおかげなんだって。お母さんの病気には、それが基本なんだってよ。お母さんもがんばってバランスのいいごはんづくりをこころがけてるけど、独り暮らしだとたくさんの食材を揃えるの大変じゃん。どうしても同じものになっちゃうじゃん。つくるのがめんどくさいときもあるし。独り暮らしの気楽さでオニギリとかおいなりさんとか菓子パンですましちゃったりとかさ。それにオヤツも果物も食べ放題だし」

「なんも、毎日キウリの酢の物食べてるよ。トマトやサヤエンドウや大根もサ。あたしはそれにシャケの焼いたのがあれば、もう充分なんだワ。それか豚のバラ肉の煮たの。ニンジンとね。シラタキと。甘じょっぱくして」

「うん、同じものだね。毎日、同じもの食べてるんだよね」

「セブンで唐揚げ買ったりするよ。おでんも。サンドイッチも。お赤飯のオニギリも」

「アイスは？」

「アイスはネェ、食べないばやってられないっしょ」

「果物は？」

「ヤダねー、果物はハットリ屋。おかずも全部あそこサァ。カード持ってるからネ。シニア割引もあるのサ、毎月十五日だったかナ？　ガラガラ引っ張ってって、買い込むよう。けっこうポイントたまってるんだワァ」

「そういうことなんですよ」

「なにがサ」

「お母さんはすごくがんばってるんだけど、結局、どうしても好きなものばかり食べてしまうの。そして病気が進むの。具合が悪くなって入院になっちゃうの」

「じゃーどうすればいいのサ。あたしにこれ以上なにをやらせようって言うのサ」

「それはね」

　娘が言葉を区切って、ゆっくり言った。

「毎日、バランスのいい、ごはんを、出してくれるところに、住むこと」

え？　と、おもちさんは首を前に突き出した。顎の筋肉がゆるまり、じょじょに口が開いていく。喧嘩腰で娘とやりとりしたせいで上がりかけていたまぶたが、また下がろうとした。娘が言う。またゆっくりと。

「毎日、バランスのいい、ごはんを、出してくれるところに、引っ越さないと、退院させられない、って、先生が言うの」

　ハァ、とおもちさんの口から、ひどく年寄りくさい相槌が出た。味わうようにツバを飲み込んだら、頭がのろまに回転し始めた。似たようなセリフを聞いた覚えがある。文言ではなく、そのセリフのまとうムードだ。強制的に決断を迫るような、いや、すでに決まったことを通達するような、それしか方法がないような、島流しにされるような、とにかく、八十年より長く送ってきた慣れ親しんだ生活を取り上げられるような、そんな石炭みたいな口当たりのものをムリシャリ口に詰め込まれるような、この感じには、たしかに覚えがある。

「あたしもお父さんのトコに行かされるのかい？」

勇さんが特養に入れられたときの打ちのめされた感じが胸いっぱいに広がっていた。悲しさやさみしさや怒りや後悔や愛情がグチャグチャに混じり合い、幾晩もむせび泣いたものだった。

「あんなトコ行ったら、死ぬまで出られないんだよ。死んだみたいに死ぬのを待ってるだけサ」

おもちさんの声はちぎれてバラバラになりそうだった。まぶたが熱い。だのに、おねむになったアカンボみたいに下まぶたとくっつきそうだ。

「アーッ、頭痛い」

キューッてなる、とおもちさんは上半身を横向きに倒した。背なかをこごめ、頰をシーツにめり込ませるようにして擦（こす）り付ける。頭を細かく左右に揺するので、シャシャシャシャと布地の擦れる音が立つ。

「一巻の終わりだよう」

声を張り上げたら、

「それ、ちょっと違う」

と、娘の手が肩に触れた。

「や、だいぶ違う」

娘の手がおもちさんの肩をさすり、背なかをさする。手のひらの通りにぬくもった道筋ができる。

「お母さんが行くのはマンションだよ。ひとりずつお部屋があって、今と同じようにあそびに行きたいときは行けるんだ」

「エ？」

おもちさんはちいさく訊き返した。頭はまだ痛いが、もっと聞きたい。

「ごはんのときだけ、食堂に行けばいいの。食堂で、マンションに入ってるみんなと一緒にワイワイごはんを食べるんだよ。お母さん、ひとりでさみしいって言ってたじゃん。みんなと一緒にごはんを食べてたら、きっと気の合う友だちができるよ。お母さんみたいに楽しい人なら、人気者になっちゃうかもね」

「ンー」

娘の言うことは分からないでもない。おもちさんはシーツに頰を当てたまま答えた。

「マー、カラオケ部でもあたしがお休みのときは、火が消えたようだと言ってくれる人もいるようだけどネ」

したけど、知らないトコだとどうかネェ、数のうちだから気の合わない人もいるんでないの？　そうそううまくいかないって、とクスンと鼻を鳴らした。そうだね、と引き取り、娘が話す。

「どこにだってイヤな人はいるからね。でもお母さんなら、そういう人ともうまーく付き合えるっしょ」

「そりゃマァそうサ。年の功っていうかネェ。一見感じ悪い人ほど実はいい人だったりするしネ、こればっかりは付き合ってみないと分からないんだワ」

「あと、やっぱりごはん支度をしなくっていいのってポイント高くない？　お風呂は共用で、ほら、ここの病院にあるのとおんなじふうでさ、空いてたらいつでも入れるんだよ。職員さんが掃除してくれるから、いつ入ってもピッカピカ。きもちいいぞう」

「ン、あたしくらいお風呂の好きな人はいないからネェ。ココでも毎日入ってんだ。今日もいちばん風呂だったワ」

ひと呼吸置き、上目遣いで娘を見、

「ホントにドコもお掃除しなくていいのかい？」

と念を押した。若い時分とはことなり、おもちさんはお掃除全般、億劫になってきていた。

「そうだよ。自分の部屋は自分でしなきゃだけど、板敷きだから簡単だよ。コロコロみたいなやつでサーッとやっちゃえばいいんだよ。雪かきもしなくていいしね」

「エーッ」

おもちさんは上半身を起こした。目がパッチリとひらいている。

「雪かきしなくていいのかい」

「そうだよ。だってマンションだもん。お母さん、マンションに住んだことないよね」

「マンション」

それは都会的な背の高い建物。二番目の兄ちゃん一家が住んでいる。一戸建てより暖かく、大した楽だと言っていた。おもちさんはマンションに住んだことがない。狭い小路の突き当たりにあった借家を振り出しに、三軒の家を建て移り住んだが、みんな一戸建てだった。

「ただのマンションじゃないよ。上げ膳据え膳のマンションだ」

「上げ膳据え膳」

友だちや、カラオケ部のみんなと行く温泉旅行が頭のなかを駆け抜ける。極楽、極楽、とニコニコ言い合って食べるごはんの美味(おい)しいこと。

「同じ敷地内に看護師さんの詰所もあるんだ。だから毎日お注射を打ちに来てもらっても気兼ねなんかいらないよ。だってすぐ近くなんだもん。具合が悪くなったらソッコーで駆けつけてくれるから、わたしとしても安心なんだよねー」

「ンーと、ンーと」

おもちさんは少し考えてから言った。そんなにいいトコなら、たぶん、絶対。

「おカネ、だいぶ取られるのかい？」

「食費とか光熱費とか全部コミで月々……」

娘の口にした金額におもちさんは仰天した。即座にダメ！　と叫び、ダメダメダメダメと連呼した。そんな贅沢はできない、毎月そんなに出してたら葬式代がなくなる、あんたたちに迷惑かける、ひとっつも残してやれなくなる、と全身で言い立てた。

「あたしばっかりそんないい思いさせてもらうわけにはいかないのサァ」

特養でポッカリ口を開けている勇さんの顔がよぎった。勇さんは、おもちさんが訪うたびにあの世に近づいている。職員さんに食べさせてもらって、着替えさせてもらって、顔もからだも洗ってもらって、テレビも観ずに左手を震わせて天井を見ている。ボウボウと伸びた眉毛と鼻毛。どちらにも白髪が交じっていて、生えているのに抜け落ちた毛みたいにイキが悪い。

勇さんがあんなふうになるとは思わなかった。なにかの加減でからだがよくなり、また歩けるようになるかもしれない、と望みをかけるおもちさんなどほっぽって、あの世に向かってまっしぐらだ。順を追って弱っていく年寄りの姿をなぞるのにだけ感けているみたいだった。

ナカイさんという世話好きのおばさんの紹介で知り合ったときの勇さんは田舎っぽさこそ残っていたものの、男ぶりは悪くなかった。ナカイさんに引き合わされたあと、「行くか」とラーメン屋さんに連れて行かれた。東芝のテレビの置いてあるラーメン屋さんで、テレビの音を聞きながら醤油ラーメンを食べた。赤いテーブルに向き合って、なんにも言わずにフーフー、フーフー息を吹きかけては黄色い麺を啜り込んだのだった。娘の声が聞こえてくる。

「お金のことで言えば、今かかっている生活費より少し高いくらいのモンだよ。一年を均して考えるとね。冬は灯油代がバカにならないでしょ。それがマンションは一年中おんなじ値段なんだ。入院が少なくなったら、そのぶん、お金がかからなくなるし、結局、トントンってトコに落ち着くんじゃない？」

おもちさんは娘の言っていることがよく理解できた。なぜかお金の話になると血の巡りがよくなり、頭がハキハキとするのだった。フムフム、そうか、そういうものか、と思っているところへ娘の声が届く。最前までとは色の違う声だった。

「葬式代とか、わたしたちに遺すなんてちっとも、ぜんぜん、考えなくていいんだよ。お父さんとお母さんが貯めたお金は、お父さんとお母さんでみんな使っちゃえばいいのさ。お父さんとお母さんは、自分らの面倒をみれるだけのお金を貯めたんだ。それはすごいことなんだよ。大した立派だと、わたしもトモちゃんも心から思ってるよ。迷惑なんてひとつもかかってないさ」

「エーーーッ」

おもちさんは語尾を長く伸ばした。顎を上げ、肩でひとつ息をする。顔がほころんでいくのを止められない。クーッと口のなかで音を立て、こぶしを握りしめる。

「あたしがた、そんなに立派かい？」

声を低めて言ったあと、訂正した。

「いや、立派なのはお父さんサァ。毎日毎日一生けんめい働いてサ。戌年は働き者だっていうけど、あれはエトのせいじゃないと思うね。お父さんだからなのサァ。あの人はそういう人なんだワ」

思いがけなく涙が滲んだ。しんからありがたさが込み上げ、薪を焚べたように胸が熱い。

「あたしがこやっていい目にあえるのもお父さんのおかげだネェ」

「いやいや、お父さんだけじゃないよ。お母さんの奮闘があってこそだよ」

娘は口元に手をやり、ちょっと笑い出しそうな感じを出していたが、おもちさんは気にせず、つぶやいた。

「支えたからネェ」

あたしはそれしかできないからサァ、と手の甲をいかにもしみじみと眺めた。茶色いシミが散らばり、血管の浮き出たシワクチャの手の甲。きたならしくてイヤだったけど、今はなぜか愛おしく思える――。娘が声をかけた。

「働いた人の手だね」

それはもう勲章だね、とようやく言って、辛抱たまらんというふうに笑い出した。ごめん、と言いながらもお腹を抱えて笑いつづける。

「ヤダねぇ、笑うトコじゃないしょ」

あんたはこどものときからそうだったもね、いいところでドンガラガッチャンって雰囲気を壊すのサ、とおもちさんはタメ息をつき、三つ子の魂百までか、とひとりごちた。

「だから、ごめんて」

娘は言いながら、立ち上がった。どのときだったかは覚えていないが、娘はおもちさんの隣に座っていた。娘が離れて、初めてとても近くに座っていたと気づいた。娘のいた側がスースーする。娘は丸椅子の脚に寄りかけていたバッグから書類封筒を取り出していた。屈んでいたので、お尻が大きく見えた。五十九歳の女の堂々としたお尻である。あの子もこんなお尻になったんだナァ。

「これ」

娘が書類封筒から出したのは、パンフレットだった。

「お母さん、ココに住むんだよ」

そう言って見せてくれたのは、おもちさんのよく知っている建物だった。家からバス停三つ離れた場所にある。新しい老人向けの施設で、でも老人ホームではないらしい。その手の施設はいくつもあるけど、おもちさんの仲間内では、そこがもっとも高級ということになっていた。その名も夢てまり。

「ごはん支度も雪かきももうたくさんだから、夢てまりに入りたいけど、我が家の経済が許してくれないのサァ」、「イヤイヤたとえ経済が許しても、あそこは人気だから何十人も予約待ちらしいよ、待ってるうちにコロリなーんてことになるんでない？」、「マーあそこに入るのは夢みたいなもんだ」、「夢てまりだけにネ」、アハハハハと仲間と噂し合った、あの夢てまりに入れるなんて。

夢てまりのパンフレットを食い入るように見るおもちさんに娘が言った。

「予約待ちの人がけっこういるみたいなんだけど、お母さんは上げ膳据え膳のマンションに住まないと退院できないし、毎日お注射も打たなきゃならないでしょ。そういうことを考えたら、施設面で夢てまりがいちばんなんだって。そこで林さんや病院のソーシャルワーカーの人がすごーくがんばってくれて、すぐに入れるようになったんだよ」

「そりゃなんたって夢てまりがいちばんサァ」

おもちさんはパンフレットから目を離さずに応じた。

パンフレットには夢てまりの写真が豊富に載っていた。表紙はバス通りから撮った夢てまりの外観だった。エンジ色の外壁にホテルみたいな自動ドアの玄関が付いている。バスの窓から何度も見ているので、そのくらいは知っていた。

おもちさんの胸をときめかしたのは、建物内部の写真たちだった。おもちさん始め仲間のだれも夢てまりのなかに入ってみた経験がなかった。おもちさんの交際範囲のなかで、夢てまりに住む人はなかった。おもちさんが住めば、仲間第一号になる。

共有スペース、居室、食堂、廊下、エレベーター。どこもかしこもすべすべと明るく、柔らかな色彩に満ちている。分けても居室だ。十畳かそのくらいの広さだった。壁は上のほうが白、下三分の一が藤色っぽいツートンカラーで、薄茶色のたいそう清潔そうな床が広がっている。正面奥にわりあい大きな窓、左に引き戸のおトイレがあり、右に洗面台と折り畳み扉の衣装入れがある。

「お母さん、自分の部屋ができるのって初めてなんじゃない?」

娘が訊いた。丸椅子に腰掛け、紙コップを手にしている。

「そういえばそうだネェ」

答えてから、おもちさんは、ほんとにそうだ、と気がついた。十一人きょうだいで育ったおもちさんだったから、こどもの頃は自分の部屋どころか、自分の机もなかった。魚の骨を炙(あぶ)ったのが好きなオヤツで、きょうだいで取り合って食べていた。上の兄ちゃん、姉ちゃんが結婚していき、家はだんだん広くなったが、自分の部屋は持てないまま、勇さんと一緒になった。狭い小路の突き当たりにあった借家には部屋がふたつあるきりで、初めて建てた家では憧れだった客間とこどもたちそれぞれの部屋をこしらえ、それで満足した。二軒目の家では居間の広さとベランダにこだわり、三軒目ではおもちさんの夢だった日本茶の販売店を兼ねた住居にした。どのときも、自分の部屋のことなど頭になかった。

「ココがお母さんだけの部屋になるんだよ」

娘が丸椅子から腰を浮かせ、パンフレットの「居室」の写真を指差す。

「徹子の部屋ならぬおもちの部屋だ。や、おもちの城かな」

楽しみだねぇ、と娘が笑いかける。おもちさんもほんのり笑った。借家の裏の空き地にチューリップの球根をいくつか植えたとき、娘はそのどれかにきっと親指姫が住まうはずだと主張した。娘が言うには、親指姫がいるかいないかは花が咲くまで分からなくて、花が咲いても親指姫は恥ずかしがりやだから、そっと隠れてしまうだろうとのことだった。

楽しみだネェ。おもちさんがそう言うと、娘は真面目な顔つきで、うん、と正しくうなずいた。

「アー楽しみだ」

おもちさんはヤッホーを発するように応じた。ほんの少しだけ娘に丸め込まれたような気がしたが、言わずにおいた。

お手紙、不良、赤い絨毯（じゅうたん）

おもちさんはまだ入院している。病気は治ったのも同然だった。もう、どこも、なんともない。なぜなら痛くも痒（かゆ）くも怠（だる）くもない。たまにフワーッと意識が遠のいたりするけれど、そこはそれ、満八十三歳。これくらいのトシともなれば、だれしも月に一度や二度は肝（きも）を冷やす場面があり、そのつど幸いにもことなきを得て、「アー驚いた、死ぬトコだった」とお茶を飲んだりしているはずだ。

でもあたしは当分退院できないみたい。

それをあたしも知ってるみたい。

アァそれなのに、というふうにおもちさんは唇を引き結んだ。プゥと息を吐き出して「ハッキリしないネェ」と詰（なじ）るようにつぶやく。頭のどこかでかすかに鈴が鳴っているようだった。「知ってること」が、竹ひごで編んだちいさなカゴに閉じ込められてリンリンとかよわい音を立てている。

おもちさんは愛用の万年筆のお尻でベッドサイドテーブルを軽く叩いた。掛け布団をはぐって丸めて端に寄せ、ベッドに腰を下ろしている。細い足を組んでいる。寝間着ズボンがずり上がり、チャコールグレーのモモヒキが覗く。薄手のおしゃれモモヒキである。七十を超してから足が冷えるようになった。母ちゃん譲りの体質で、膝から下が一年中ヒタヒタと冷たい。

午後一時を過ぎたところだ。三〇二号室は静かだった。相部屋のみんなはテレビのイヤホンを耳にさしたまま眠っている。

おもちさんはお手紙の下書きをしていた。お手紙をしたためるさいはかならずメモ用紙に下書きをする。メモ用紙は、裏の白いチラシや読み終えた町内会のお知らせなどを四つに切ってクリップで留めたものだ。家から持ってきた。ご自慢はクリップ。オレンジ色のおくるみを着たアカンボの恐竜が付いている。相部屋のみんなや看護師さんたちにも好評だった。「アラかわいい」とか「マァいいこと」と言ってもらえて鼻が高い。「ヤーいくつになってもこういうのが好きでサ」と謙遜するともっと嬉しくなる。

おもちさんがお手紙を出そうとしている相手は藍子だった。

よっちゃんの娘だ。よっちゃんはおもちさんの妹で、ゆえに藍子は姪である。東京のどこかの会社で働いている。まだ十年にはなっていないと思うのだがたしかそのくらい前に母のよっちゃんを亡くし、父の山本さんとのふたり暮らしをつづけている。

そろそろ五十になりそうな独身で、明るい子だ。かつてはひじょうに口数が多くパァパァと喋り通しだったのだが身過ぎ世過ぎして歳相応に落ち着いた。とはいえ今でも「おもちおばちゃん、だーい好き」、「あたし、おもちおばちゃん家のこどもになる」と子雀みたいにさえずっていた名残があって、なんともいえない愛嬌がある。

よっちゃんを亡くしてからは年に数度、「おもちおばちゃん、元気？」とお電話をかけてきて、「元気だヨ」と答えると「アーよかった！」と心底安心したような声を出し、「お母さんが逝っちゃって、おもちおばちゃんにまでなにかあったら、あたしもうどうしていいか分かんない」と大したためんこいことを言ったのち、「それはそうと」とパァパァと近況を聞かせてくれるのだった。

おもちさんが藍子にお手紙を出そうとしているのは、もし藍子がお電話をかけてきてくれても入院中は応答できないため、藍子に心配かけてしまうと、明け方、ふと目が覚めたときに思いついたからだった。そうだ、藍子に教えてやらないば。

気が急いたが、今日の午前中は検査が目白押しだった。病院内をあっちこっち引き回され、さっき、ようやく、人心地ついた。早速、ロッカーにしまっておいた紙袋から「お手紙セット」を取り出し、ベッドに並べた。

住所録は背表紙をセロハンテープで補修した大学ノート。親戚の部、知人の部、それを勇さんとおもちさんの夫婦別、アイウエオ順で記入しているのだが、三、四十年も経つうちに消したり足したり変更に変更が重なったりで、おもちさんでないと読めない上におもちさんにも心当たりのない名前がたくさんあった。ハガキ、便箋、封筒、切手、そしてちょっと素敵なシールは、だいぶ前によっちゃんから貰(もら)った鳩(はと)サブレーの黄色いカンカンにいくつか入れて持ってきた。今回は国語辞典と拡大鏡も忘れなかった。

　入院するたび持っていきたいものが増えていった。ハサミとノリと電卓とエートそれから、と入院準備をしていると、頭がよく回っている感じがした。入院生活を送る自分になにが必要か手に取るように分かるのだった。知らず知らずのうちに入院に慣れたらしい。とはいえ入院が決まるたびにやっぱりちょっと緊張する。ため息をつきつつも気負い立つような心持ちになり、すると不思議なくらい抜かりなく準備ができた。

　おもちさんがお手紙で藍子に知らせたいのは入院の一件だった。もちろん時候の挨拶や藍子のようすを訊(たず)ねるくだりもしたためるつもりだが、そのへんは筆まめなおもちさんにしてみればお茶のこさいさい、どうとでもなる。むつかしいのは、入院といっても、しょっちゅうのことだから心配いらない、脳出血で半身(はんしん)不随(ふずい)になったよっちゃんみたいな深刻なものではない、もうすっかり元気で、いつでも退院できる、この三つ。これらを藍子に言ってやりたくて書きあぐねているのだった。これらを書くには病名が不可欠と思うのだ。

　九月二十五日、入院した日。

　十一月五日、今日。

　カレンダーを見れば日付は分かる。でもなぜ入院したのかがどうにもハッキリしないのだった。持病があるのは知っている。入院前はたしか週に二度くらい、入院中は日に三度、ごはんのたびに、指先から血を抜かれ、お腹にお注射を打たれる病気である。なんだけれども肝心の病名が出てこない。知っているけど忘れたような、一度も聞いたことがないような、どっちつかずの感じが頭のなかでモワーッとしている。

ゆっくりしているときや無心のときに、ポカッと思い出すことがしばしばあった。ということは、普段は、おもちさんの頭のどこかに隠れているに違いない――。でも、その考えを、おもちさんはシッシと追い払った。おもちさんにしてみれば自然な振る舞いだった。追い払わなければ、覚えていることになり、だとしたらいつでも思い出せるはずで、そしたら意地でも思い出さなければならなくなる。覚えていることを思い出せないのは、ボケ老人の始まりだ。おもちさんは、まだソッチ側の人になりたくない。

それはそれとして、思い出すという行為は実に億劫（おっくう）だった。関心がないことならばなおさらで、ひたすら苦痛だ。病名を覚えていたからどうだっていうのサ。こんな感覚がおもちさんにはそもそもあった。先生と看護師さんが分かってればいいんでない？　あたしが覚えたからって病気がなくなるわけでもあるまいし。

そこで病名はいつものように単に「持病」で片付けた。知り合いとの談笑なら「なんもサ、ちょっと持病でネ」と仔細（しさい）ありげな表情をつくればそれですむ。だがお手紙となると話が別だ。正式な病名を出さないと締まらないと思う。けっこう長めの入院だというのに、その理由が「持病」一点張りというのもピントがぼやけているようで体裁（ていさい）が悪い。藍子に余計な心配をかけてしまうかもしれない。

　くわえて退院時期だ。

　当分退院できないのはまず間違いない。先生や丸メガネの看護師さんがそんな雰囲気を出している。おもちさんが退院の話を切り出そうとすると「え？」と笑った顔をするか、やはり笑った顔をして「なぜそんなことを？」というように首をかしげる。その笑い方や、ちょっとおどけたまばたきが暗に「知ってるくせに」と言っていた。あるいは「忘れちゃったの？」と。「やっぱり少ーしボケちゃってる？」と言いたそうな気配が伝わり、おもちさんは「アーそうだったネェ」というふうにウンウンとうなずいてしまうのだった。

「ンー」

　どうにか文章にアヤをつけて「持病」でいけないものかと考えながら、頭によぎった入院生活のトピックスを慰み半分で書いていたら、

「お母さん！」

　と、後ろから声がかかった。

「お手紙？」

　敷き布団に手をつき、クルッと振り返ると、手前に娘、奥にトモちゃんがいた。娘がまた訊く。

「お手紙、書いてたの？」

「藍子にネ」

お電話かけてきてくれたら気の毒かけるっしょ、とキャスター付きのベッドサイドテーブルを窓下に押しやった。中腰でミニ冷蔵庫から綾鷹を取り出す。ベッドサイドテーブルに置いたと思ったら振り向きざまに「あっこから椅子持って来て、座ればいっしょ」と病室出入り口の洗面所付近を顎(あご)で指し、「コート脱げばいっしょ」と娘とトモちゃんふたりまとめてマルを描くようにグルグル指差し、「あずましくない(落ち着かない)っしょ、イヤあんたたちがよくてもあたしがあずましくないんだワ、そんなトコでそんなカッコして立ってられたらサァ」と機嫌よく捲(まく)し立てた。

「そんなゆっくりしてられないんだよ」

娘はトモちゃんと顔を見合わせた。ふふっと口元をゆるめてからおもちさんに目を戻し、ちょっとだけ声を張った。

「今日はお出かけでーす」

「エーッ」

びっくり仰天、込み上げる嬉しさ。パーンとはち切れそうな顔つきでおもちさんは目を見張った。

おもちさんはお出かけがなにより好きだ。体調がよく、お注射とワンセットのごはんの時間に間に合い、身内の同行者がいれば外出自由ではあるのだが、一応は入院患者の身の上なので、そうそう機会に恵まれない。お出かけは先月のカラオケ部の定例会以来だった。あのときはトモちゃんが送り迎えしてくれた。

「書いてあるよ」

　娘がニヤニヤしながらカレンダーを目で指した。おもちさんは「エッ」と短く驚いて確認し「アレェ……」と長めに驚きつつ「ホントだ、書いてあるネェ」とポツンとひとりごちた。とはいえそこは年の功、「今日は朝からずっと検査検査で大した忙しかったのサァ」と忘れた理由をすぐさま見つけ出し、それで勢いがついたらしく、娘とトモちゃんに「したけどそんなトコにボヤーッと立ってたらほかの人に迷惑かけるし、ホレ、あたしだって着替えなきゃなんないしサ、イヤ、パパッと終わるんだけど、マーそのあいだサ、ネッ、こっち来て、綾鷹飲んでればいっしょ」とたたみかけた。

「あーハイハイ」

　娘がトモちゃんを伴って窓際に移動した。椅子は持ってこなかったが、それぞれ綾鷹は手にした。それを見ておもちさんは八割方満足し、ロッカーから着替えを取り出し敷布にポーンと放るやいなや上衣を脱ぎ捨てた。千鳥格子を編み込んだ金ボタンのカーディガンをシャニムニ被り、オットットとふらつきながらも立ったまま寝間着ズボンを脱いでからベッドに手をつき、その手を起点にしてからだを反転させて腰掛け、アラヨッとユニクロのズボンを穿きにかかった。

　そうするあいだにカレンダーに自ら書き込んだ「夢てまり見学　13時30分　ちひろ　トモちゃん」の輪郭が立ち上がってきた。なんとはなしに陰影が付き始め、もうちょっとですっかり事情が飲み込めそうだった、そのとき。

「島谷さん！」

厳しい声が病室に響いた。春川ますみによく似た看護師さんが早歩で一直線に歩いて来た。後ろには丸メガネの看護師さんがついてきていた。

「島谷さん」

春川ますみはおもちさんの目の前でピタリと足を止め、低い声を出した。その背後で普段は陽気な丸メガネさんがかしこまっている。春川ますみは丸メガネさんの上司で、おもちさんの見たところ先生の次にえらい。

「昨日、どら焼き、食べましたよね」

ヒュッ、おもちさんは息を呑んだ。怒られる、春川ますみにこっぴどく。反射的に身がすくんだ。ズボンはようやくお尻まで上げたところだった。

「昨日だけじゃないですよね。相内さんにお金わたして売店でオヤツ買わせてましたよね」

相内さんというのは相部屋だった酉年の人で、昨日の夕方、退院した。見かけではどこが悪いのかも、どのくらい良くなったのかも分からなかったが、おもちさんより後に入ってきたのにおもちさんより先に出て行けたのだから、大した病気ではなかったと思う。息子さんが迎えに来て、「短いあいだだったけどお世話になってマァ」、「なんもなんもこちらこそサァ」、「おかげで楽しかったワ」、「だからってスグまた戻ってきたらダメだヨ」、「とかなんとか言ってまたココで会ったりしてネ」、アハハハと笑って別れた、あの根性よしの相内さんが春川ますみに言いつけたのだろうか。

「見ている人がいるんですよ」

病院ですからね、と春川ますみは心持ち声音を優しくしながらもブルンと胸を揺するようにした。

「困るんですよ、食事以外のものを食べられると」

データガー、ケットーチガー、と春川ますみが怖い顔をして力いっぱい小難しいことを言い立てた。コーケットー、テーケットー、コントー、早口言葉みたいなのも言う。

「したけど、あたしにはなんのことかサッパリ」

おもちさんはかぶりを振った。身に覚えがありませんという顔つきでノロノロと立ち上がり、ズボンのチャックを上げ、いかにも年寄りくさい緩慢な動作で腰を下ろす。

おもちさんの目はぼんやりとうつろで、ちょっとの生気もなかった。買い食いをごまかそうと上手にボケ老人の振りをしているようにも見えるし、ほんとうに買い食いしたのを覚えていないようにも見える。

おもちさん自身にも区別がつかなかった。

春川ますみにどやしつけられ、もとよりおぼろだった売店での思い出がスーッとどこかに吸い込まれ、跡形もなくなった。それでいて、もともと影も形もないものが春川ますみの剣幕により売店での思い出として突如出現したりした。潔白を主張したさ、春川ますみをだまくらかしたさ、とにかくその場を収めたさ、難を逃れたさが混ざり合い、そこにオヤツ禁止を知っていたかどうか、なぜオヤツ禁止なのかを含めた圧倒的な真相の定まらなさが絡まって、もうグチャグチャだった。「なんのことかサッパリ」というのは嘘ではないのだった。

けれども、ほんとうのところ、それはどうでもよかった。そんなことより、おもちさんには声を絞って言いたいことがあった。たとい春川ますみが先生の次にえらかったとしても、言っておかないことには、気が治まらない。

「なして信じてくれないのサ。なしてわざわざ見張り付けるのサ。オヤツなんか食べてないって！　あたしが食べてないって言ったら食べてないのサ！　人に信用されないことほど悲しくて悔しくて気分悪いことないもね。あたしは今まで、この歳まで、信用だけで生きてきたようなもんなんだワ。それがちょっと弱ったら寄ってたかって疑われて、みんなの前で怒鳴りつけられて……、アーアこんなんなると思わなかったワ、恥ずかしくて情けなくて泣かさるもね」

震えた涙声になってしまったが、おもちさんは気丈にも顎を上げ、胸を張った。腕を伸ばしてロッカーを開け、刺し子のリュックを取り出す。巾着状の口を開けて手を突っ込み、口紅をさぐりあて、足を組んだ。枕元に置いてあった手鏡を取り、「わたしだって信じたいし、信じてたんですよ、でも」とくだくだしく言い募る春川ますみを無視して濃いピンクの口紅をじっくり塗った。

まだ腹の虫は治まっていなかったし、傷ついた自尊心も回復していなかったが、マー毎日お世話になっていることだし、ここはひとつ、春川ますみの顔を立てていったん矛先を引っ込めようとしたら、娘の声がした。なにかを読み上げているようだった。

「久しぶりにどら焼きを食べた。あんこの甘さにポワーとなり、つづけざまに、栗どら焼きをも食べてしまい、我ながら吃驚した。相内さんは、退院の記念品代わりとおっしゃって、お代を、受け取ってくださらなかった。ただ『おいしいかい？』とほほえまれ……。相内さん、退院おめでとう。元気でネ」

ってなぁに？　と、つまんだメモ用紙をヒラヒラさせた。アッ、それはさっき慰み半分で書いたもの。おもちさんはだいぶ動揺したが、そんなことはおくびにも出さずに、

「なんだろうネェ」

と、そらっとぼけた。

「お母さん、すっかりネタあがっちゃって」

トモちゃんが噴き出した。娘とふたりして、大口開けてゲラゲラ笑う。ナニがそんなに可笑しいんだか、と思ったが、春川ますみも丸メガネさんも腰を折って笑うので、おもちさんもエヘヘと笑った。

「フウが悪いネェ」

弾んだ声で言い、フウが悪いとは伊予の言葉でカッコ悪いという意味で、父ちゃんと母ちゃんがよく言っていたものだとだれにともなく教えてあげた。

トモちゃんの車で夢てまりに向かった。

買い食いの懲罰で外出禁止にさせられるのではと内心案じていたのだが、それはなかった。春川ますみも丸メガネさんも打って変わってにこやかに「楽しみですねぇ、気をつけて」と送り出してくれた。

短い道中だったが、娘やトモちゃんとのやりとりから、事情が察せられていき、おもちさんはドンドン思い出していけそうな、そんな躍動を身のうちに感じた。そのひとつは鮮明に思い出した。そうだった、あたし、夢てまりに入るんだったワ。——でもなんで？心のなかで思っただけなのに、娘が説明した。

「お母さんにはバランスのとれたごはんが必要で、これから毎日お注射をしなくちゃならなくなったから、上げ膳据え膳でなおかつ通いの看護師さんの詰所が敷地内にある夢てまりにお引っ越しすることになったんだよ、退院したらマンション生活だ、雪かきしなくていいから楽になるよ」

娘は後部座席にいた。運転席と助手席のあいだからルームミラーに映るおもちさんと目を合わせていた。トモちゃんはちいさくうなずくきりだった。トモちゃんは、娘がおもちさんに話しかけているときは口出ししない。そういうなんでもない賢さがトモちゃんにはあった。東京に単身赴任中の息子は真面目で愉快で優しいところがあるいっぽう、物言いや気遣いが単調で奥行きがなく、おもちさんとはぶつかる場面が多いのだが、おもちさんが思うに、そんな息子がもっともでかしたのはトモちゃんと結婚してくれたことと、孫の顔を見せてくれたことである。娘がつづけた。

「今日は見学がてら及川さんって人に挨拶するよ」

「えらい人かい？」

おもちさんが訊ねた。

「どうだろう、えらいんじゃないかな」

娘が頼りない返事をし、「責任者っぽいよね？」とトモちゃんに確認した。

「施設長だからえらいと思う」

「施設長だったら、いちばんえらいサ」

当ったり前の真んなかですヨ、とおもちさんはさもよく分かっているというふうに、コートの襟に顎を埋めた。紫がかった濃いピンク色のコートだった。グレーの中折れ帽子を見場よくハスにかぶっている。口をちょっともぐもぐさせてから言うべきことは言わないと、という口調で宣言した。

「相手がどんなにえらくても、言いたいことはハッキリ言わせてもらうよ」

あたしは根っからそういう人なのサァ、としきりにうなずいていたら夢てまりに到着した。「なぜそんな喧嘩腰？」と娘がまぜっ返しながら外に出て、「下、濡れてるから気をつけて」と助手席のドアを開ける。おもちさんは「なんも喧嘩腰じゃないって」と言ってから「雨、降ったのかい？」と車を降りた。「午前中ずっと、しっかり降って」とトモちゃんも運転席から出てきて、「お天気になってよかったよねー」と車の鍵をポケットに入れ、

「ほら、おかあさん、あそこが看護師さんの詰所」と駐車場の裏手にある平屋を指差した。

「すごく近いね、安心だね」とゆっくり夢てまりを見上げてみせる。

「ホントだネェ」

おもちさんもグーッと喉をそらして夢てまりを見上げた。五階建てだったが、間近だったのでとても高く見えた。パンフレットではエンジ色に見えたが、こうしてよっく見てみると、あったかいココアか縮れっ毛の子犬みたいな茶色のどうどうたる建物だった。これに比べたら同じ茶色でも看護師さんの詰所は掘立て小屋も同然だ。

「アー立派だこと」

おもちさんは目を細めた。夢てまりはおもちさんの仲間内では高級老人向けマンションとして知られている。晴れがましさのあまり気恥ずかしさが込み上げた。ぶるん、と、からだが震える。久しぶりに吸った外の空気、雨上がりの澄み透った冬の入り口の空気が鼻の奥をツゥンと冷やっこくさせる。

娘が先頭に立ち、バス通りに面した正面玄関側に回った。自動ドアが開く。左手に受付があった。ガラス越しに何人もの職員さんが事務仕事をしていた。女性がひとり立ち上がり、こちらにやってくるあいだに、娘が備え付けの台帳になにやら記入した。トモちゃんと女性が二言三言話すあいだにもう一枚の自動ドアが開いた。それでやっと館内に入れる仕組みだった。

敷物を敷いた廊下を進むと、湧いて出てくるように男性があらわれた。髪型、顔、体型、どこにも特徴のない中年男性だ。いかにも「ヤーどーもどーも」と言いそうな顔つきでおもちさん一行に近づいてきて、ひじょうに愛想よく「あ、どうも、及川です」と名乗った。

「島谷もち子と申します」

　おもちさんはお辞儀して、要は右も左も分かりませんがどうぞよろしくお願いします、ということを艶やかなよそゆきの声でもって丁寧に申し述べた。及川さんは恐縮しつつもにこやかに耳をかたむけ、「しっかりしてらっしゃる」とか「お元気そうで驚きました」とおもちさん、娘、トモちゃんに笑顔を振り分けた。おもちさんはたちまち気をよくし、

「やっぱりえらい人は話が分かるネェ」

　ホッ、ホッ、ホッ、と笑い声を跳ねさせた。

　及川さんの案内でエレベーターに乗り込み、三階で降りた。出てすぐ靴箱があった。及川さんは「ここで靴を脱いだり履いたりするんですよ」と説明し、三人に来客用のスリッパをすすめた。履き口が深めの靴を履いていたおもちさんは、少しだけよろけた。すかさず、及川さん、娘、トモちゃんが脱ぎ履き用のスツールを指差して、あそこに腰掛けたらどうだと三人がかりで助言する。

「なんもいいいって！」

　おもちさんは語気荒く拒否し、「自分でもイライラしてるとこにあーだこーだ言われたらホンット腹立つもね」とブツクサ言いながら靴箱の側面にべったりと手をつけてからだを支え、立ったまま履き替えをやり切った。

廊下を歩き左に折れた。左手に利用者さんたちのお写真がコルクボードに貼ってある。及川さんが説明する。

「季節に合わせて、みんなで協力して貼り絵をしたりしてるんですよ。今月は栗とドングリでした。来月はクリスマスツリーの飾りつけ。あ、月ごとにお誕生会も」

その説明を終えるやいなや「このカウンターに職員がいることになっています」と右手を指し、「今はいませんけど」と愛想よく断ってから「日中はご利用者さんのほとんどがデイに行ってらっしゃるので、職員は二階のカウンターにだけ常駐となっています」と補足し、「入浴希望、食事の要不要、外出届けなどもココか二階のココでお願いします」と付け加え、入浴、食事、外出に関して説明を始めた。そうしているうち一行は談話室兼食堂に到着し、ちょっとのあいだ立ち止まっては通り過ぎるのを繰り返し、おトイレ、洗濯スペース、お風呂場と、及川さんの説明を聞きながら見て回った。

説明されるたび、おもちさんは深くうなずいた。たまには「へぇ！」とか「ほう！」と感心してみせたりしたが、ほとんど聞いていなかった。およそ説明というものは、おもちさんの耳をすり抜ける。最初は聞く気まんまんでも、滑り落ちるように集中力が切れてしまう。

そのことに、おもちさん以外の三人は気づいていたようだ。娘とトモちゃんは及川さんの説明をコダマのように繰り返したり、アレンジしたりしておもちさんに伝えた。

たとえば貼り絵なら「栗とドングリは折り紙でつくって貼っていくんだね」、「あっ、ここにリスもいる！　栗とドングリはリスの食糧だったんだよ、お母さん！」、「物語性もあるんだねぇ」、「みんなでワイワイ仕上げていくって楽しいよね」、「おかあさんは手先が器用だからこういうの得意なんじゃない？」と、こんな具合。ふたりとも一貫して楽しそうな声つきだった。どうにかしておもちさんの気を引こうとしていた。

　そのくらい、おもちさんにだって分かった。お願いします、気に入ってください。そんな気配が、ひしひしと伝わってくる。娘とトモちゃんだけではなかった。及川さんからも響いてきた。

　及川さんは、どの説明でも一段落するたびに「いっぺんには無理ですよねー」と柔和な笑顔を見せた。「今回は一応型通りの説明で」とモゴモゴつぶやくと、娘とトモちゃんが「承知してますとも」の風情（ふぜい）で「エエ、エエ」とうなずき、「ねー」というふうにおもちさんに笑いかけた。おもちさんが「ンー？」と半笑いを返すと及川さんが「まーおいおい慣れますよ。みなさん、そうです。分からないことや困ったことはなんでも職員に訊いてくださいね」と言う。すると娘は「職員さんはプロだから何度同じことを訊いてもイヤな顔しないよ、わたしと違って」と冗談めかしておもちさんを安心させようとし、その隙にしっかり者のトモちゃんがヒソヒソと及川さんになにやら訊ね、首をかしげて再度訊ねたり大きくうなずいたりして、おもちさんに目を戻し、「おかあさんなら大丈夫」と両の口のハタをきゅっと上げた。とにかくこの三人は一丸となって、いやに熱心に夢てまりでの生活を推（お）してくるのだった。

「まぁねぇ」

心ここにあらずのふうに、おもちさんはひとりごちた。

薄茶色、草色、クリーム色。穏やかな色味でできあがった館内は、清潔感に溢れている。ゴミひとつ落ちていず、どこもかしこもすべすべときれいだった。耳をふさいだときみたいにシーンとしていて、明るいオバケ屋敷のようだ。ここで生活している人がいるとはとても思えない。おもちさんは独白するように何度も訊いた。

「なしてこんなに静かなんだろうネェ」

口にするたび、及川さんは「日中はほとんどの入居者がデイサービスに通っているんです、夕方になったら帰ってきて、そりゃあにぎやかですよ」と答えてくれたが、訊かずにはいられなかった。幾度答えを聞いても這い上ってくるような寂しさが消えない。このすべすべときれいな建物にたったひとりで放り込まれる、そんなおっかないイメージが時をおいて差し込むのだった。

ほとんど耳をすり抜けていったとはいえ、及川さんの説明はおもちさんの胸に面影を残した。そこが病院で聞く持病の説明と大いに違う点だった。持病の説明はのっぺらぼうだが、及川さんの説明には少なくとも目鼻くらいはついていた。生活に関わる事柄だからだろう。

夢てまりに入ったら、覚えなければならないことがどっさりあるようだった。それもおもちさんが初めて体験することばかり。エット、お金を入れて回す全自動洗濯機、お風呂場の鍵、チャイムが鳴ったらごはんの時間などなど。今はまだボンヤリしていてすっかり全部は出てこない。でも、こういうのは、たぶんなんとかなる、と直感で分かった。毎日のことだもの、いやでも覚えるサ。習うより慣れろだ。

それよかおもちさんが気にかかるのは、及川さんが頻繁（ひんぱん）に口にする「届け」という言葉だった。

なにをするにも「届け」が必要のようだった。分けても「外出届け」だ。あまりの厳しさに度肝（どぎも）を抜かれ、一度聞いただけで大体覚えてしまった。

夢てまりの建物を出て道路をわたると、「外出」になるそうだ。極端な例を挙げると（と、及川さんが言った）、夢てまりの目の前の道路をわたってポストにお手紙を出すだけでも「外出届け」を提出しなければならないという。ナーンセンス！「建物外でなにかあったら大変」とか、「行方不明防止」とか、「夢てまりの周りをグルグルお散歩するなら届けはいりませんよ」とか、及川さんは弁解するように色々言い、娘も「転ばぬ先の杖（つえ）ですよね」と調子を合わせていたが、それでもやっぱりナーンセンスとおもちさんは思った。「杖なんて転んでからで充分間に合うっしょ」と言ってみたのだが、「それでは遅い」といっせいにたしなめられた。

おもちさんは合点がいかなかった。なぜ、ちょっと歳を取っただけで、念のため念のためと多めに自由を奪われないとならないのか。歳を取るとできないことが増えてくるから、そこだけ助けてくれたらいいではないか。そのほうがよっぽどカンタンだし、そっちの手間も省けるじゃないのサ、まったくモー。

常日頃から抱えていた鬱憤が温められ、おもちさんのお腹のなかでグツグツしだした。及川さんの口ぶりから門限らしきものがあると察知し、ブクブク煮立ち始める。

「ちょっと！　どれだけ自由を奪ったら気がすむのサ！　上げ膳据え膳のマンションって触れ込みじゃなかったのかい！」

思わず激昂したら、及川さんがとびきり柔和な表情で、ゆっくりと答えた。

「おっしゃる通り、基本的には賃貸マンションですから、門限はありません」

ただしですね、とつづけた内容がややこしかった。平日は六時だったか七時だったかそのくらいで玄関――二番目の自動ドア――が閉まるらしい。その後は受付に置いてある電話で夜勤の職員さんと連絡を取り、二番目の自動ドアを開けてもらう、土日の出入りは一日中お電話を使わなければならない、というのだからひとかたならぬ煩わしさだ。

おもちさんは、だいぶ我慢して及川さんの説明を最後まで聞いた。途中ちょっと眠くなり、目がトロンとしたけど、がんばった。アーイヤだイヤだ、まっぴらゴメンだと激しくかぶりを振りたいきもちがじき落ち着いて、すると、ぴかっと閃いた。及川さんは、おもちさんをそんじょそこらの老いぼれバアさんと決めつけているのではなかろうか。だって、おもちさんの人となりなど、ぜんぜん、ちっとも、分かってなさそうだ。及川さんは、おもちさんを、おもちさんとしてではなく、一介の老いぼれバアさんとしてしか見ていないのだ。

「では、居室のご紹介を」

　及川さんの案内で一行は歩き始めた。と、おもちさんが歩みを止めた。腕を伸ばして廊下の手すりをつっと握り、からだを壁側にスッと寄せる。空いている手をコートのポケットに入れ、及川さんを見ずに及川さんに向かって言った。

「あたしはこれでもお友だちが多くてネ、やれお食事会だ温泉旅行だと歳のわりには忙しくしてるんですよ。観（み）たい映画があればひとりでサッサと出かけるし、札幌のデパートにもちょいちょい出かけます。せめて札幌のデパートくらいはスミからスミまで見ておかないと、流行遅れのおバアさんになってしまいますからネェ。来月なんかはカラオケ部ですとか、アチコチの付き合いの関係で、忘年会のパーティがもう三つも入ってるんですの。ひとりだけ先に帰るわけにもいきませんしネェ……。こう見えて不良なんですのよ、あたし」

　フフフ困ったものね、というふうにおもちさんは唇だけで笑った。

「だからそちらにご迷惑をかけるんじゃないかと思って」

　これでトドメの流し目めいた粋な視線を送ったのだが、及川さんは軽い調子でこう返した。

「あーハイハイ大丈夫ですよ。結構じゃァないですか、ねぇ！　楽しいことがたくさんで。事前に届けてくだされば、もうゼンゼンこちらとしてはオッケーで」

　おもちさんはため息をついた。だめだこりゃ。お腹のなかで吐き捨て、少し経つと、新たな考えが浮かんできた。及川さんは施設長としての職分で「届け」、「届け」と言っているだけという推量だった。いわゆる建前というやつで、現場ではもっとナァナァになっているのではないか、世の中とはそういうものではないかという淡い期待も生まれたが、おもちさんの胸のうちではここまで明文化されなかった。胸のうちに台風みたいな不穏なグルグルが居座る「感じ」だけが残った。そこに明るいオバケ屋敷にたったひとりで放り込まれるイメージが加味されて、いやが上にも夢てまりでの生活に不安が募った、でも。

居室を見せてもらったら、そんなのみんな吹っ飛んじゃった！　おもちさんは、どうでもここに住みたくなった。ここで暮らすことができたらば夢もかくやと思われた。


目を閉じると、夢てまりの居室が浮かんでくる。

目を開けてもチラチラする。

だのにまぼろしみたいに頼りない。

ちゃんと思い描けていないと思う。パンフレットをためつすがめつして見ても、昨日この目で見た画にはほど遠かった。たしかなのは「こんなものではなかった」という思いで、それがむっちり肥えていく。

ドアを開けたら、真正面に四角い窓があったのだった。両脇にカーテンが寄せてあった。窓の真んまんなかに、吸い込まれていきそうな目には見えない点があり、そこから手前の、入り口に立つおもちさんに向かって、両側の白い壁と薄茶色の床がグーンと扇形にひらいていた。まさに「入居者を待つマンションの一室」。サラリと洒落た今風の生活という好いたらしいイメージが充満していた。

わあぁぁ……。感嘆の声を漏らすおもちさんの背なかに娘が手をあてがった。そうっと押し出されて一歩踏み出す。明るい日差しを鏡のように映す床を歩いてみる。春の陽気を思わせるポカポカとした暖かさに包まれた。天国か、温室みたいだった。

「とにかくマァ素晴らしいのサァ」

病院に戻り、相部屋の仲よしさんに報告した。向かいの市田さんと隣の安藤さんだ。

「アラーよかったネー」、「そっかい、そんなにかい」と反応してくれたが、おもちさんの思った感じではなかった。仲よしのわりに熱烈さが足りない。望み通りの反応をしてくれたのは斜向かいの野森さんだった。おもちさんが外出しているあいだに、相内さんと入れかわりで入院してきたニューフェース。「エッ、エッ、夢てまり？　奥さん、あそこに入るの？　すごいネー」と率直に驚き、羨望のまなざしで見てくれた。

晩ごはんをすませて話をしてみると、長らく札幌の北二十四条でスナックのママをしていたそうである。一昨年の夏にからだを壊して店をたたみ、体力の回復を待って、去年の春、女手ひとつで育てた娘一家のもとに身を寄せたという。まだ七十代だからか元の商売柄か洒落っ気があり、手持ち無沙汰になると、ゆるいウエーブのかかった茶色の長い髪の毛を右か左の胸に垂らし、飴色のブラシでもって大した丁寧に梳かしている。平たい顔のガラガラ声だが、相槌やちょっとした目の動きに人を逸らさないところがあり、スナックのママは伊達じゃないと思われた。

明くる日の午前中、入院したばかりの野森さんは検査に大忙しだった。お昼ごはんを食べに戻ってきて、二時か三時までは暇と言うので、お喋りをした。酒乱の夫と別れた話を皮切りに野森さんの半生をザッと聞いた。だいぶ苦労をしたようだった。おもちさんは何度も胸が熱くなった。こぶしをギュッと握ったり、息を呑んだり、目を潤ませたりしていたが、話が一段落したら、スッキリとしたきもちになった。

「いやまーアナタって人もサ、苦労の連続だったみたいだけどサ、一生けんめい働いたおかげでサ、娘さんがいい子に育って、旦那さんもいい人で、お孫ちゃんたちもめんこいし、みんなで一緒に住めるなんて言うことナシなんでない？」

「マーそうなんだけどサー、ずっと独りで気ままにやってきたせいかナー、なんかうるさいナーって感じちゃうんだワー」

「まーたそんなこと言って。ありがたいと思わないばバチ当たるよ」

「そうなんだよネー。ありがたいんだけどサー、あたしは娘一家といるよりも、こうやって赤の他人と一緒のほうが気が楽なのサー」

「へーえ、変わってるネェ」

「そうなの、あたし、チョット変わってんのヨー」

ウフフフ、とくすぐったそうに笑う野森さんに釣られておもちさんも笑った。野森さんが笑みを残した真顔でつづける。

「だれかの世話にならないば生きてけないんならサー、赤の他人のほうが絶対いいヨ。ビジネスライクが一番サー」

身内はネ、遠くにありて思うものなんだワー、と手に持っていた飴色のブラシの毛を指先で弾いた。

「ヤー、でも」

なにか言おうとしたおもちさんの視界に娘の姿が入り込んだ。娘は出入り口の洗面台付近から丸椅子を取り、こちらに向かっていた。「来た来た」とおもちさんは娘を指差し、「アレ、うちの娘」と野森さんに教えた。もう野森さんのベッドまで来ていた娘が「娘でーす、お世話になってまーす」と野森さんに頭を下げる。「お疲れさまでーす」とニッコニコしてお辞儀する野森さんに、おもちさんが「東京から来てくれてるんだワ」と追加で説明したときには、娘はおもちさんのベッドに到着していた。クリーム色の薄手のダウンコートを脱ぎベッドに置いて、ミニ冷蔵庫から綾鷹を取り出した。おもちさんのマグカップに半分注ぎ、ペットボトルに口をつける。コッコッコッと飲みながら持ってきた丸椅子に腰掛けた。黒のセーターに黒白ツイードのギャザースカート。

「アラ、それあたしのかい？」

スカートも、さっき脱いだクリーム色の薄手のダウンコートも、おもちさんの持ち物だった。娘はおもちさんの家に寝泊まりしている。おもちさんの衣服を勝手に拝借しているようだ。

「こうして見るとわりかしいいネェ、どこにあった？」

おもちさんはダウンコートを揉むように触り、身を乗り出して娘の身に着けたギャザースカートをよく見ようとした。

「和室」

娘は短く答え、物言いたげに足を組んだ。

「アー」

おもちさんは思い出すような目つきになった。一階の和室。六畳間。今ではすっかりおもちさんの思い出部屋兼衣装部屋になっていた。

姿見と飾り棚付きたんすとロッカーたんすを置いていて、そこに夫婦の衣類を収めていた。人目につく場所には飾れないけれど捨てるには忍びない貰い物やみやげ物を並べたり、以前使っていた黒電話機や娘時代に着ていた浴衣や水着やブラウスや勇さんの草野球のユニフォームなどをキチッと押し入れにしまったりしていたのだが、やがて、アルバム、年賀状、箱、包装紙、クリーニング屋さんのハンガー、なんでもかんでも放り込んでおく部屋になった。

二棹のたんすと押し入れが満杯になり、しょうがないから、たんすを買って押し入れの前に置いた。そのたんすも満杯になりチェストを買ってたんすの前に置き、ということを繰り返したものだから、もうどこになにが入っているのか分からなかったが、開けられない収納は確認しようがなく、開けられる収納はなぜか確認する気が起こらなかった。

大活躍しているのは、去年だったか一昨年だったかテレビショッピングで買ったお値打ちの二段式パイプハンガーだった。これでもかとよそゆきやコートや喪服を吊り下げたその上にクリーニング屋さんのカバーのかかった華やかなワンピースやスカートをかさねていて、脚元にはバッグや手提げやリュックやポシェットが押し合いへし合いになっている。ポケットティッシュを隙間なく詰めたミカン箱がひとつ、お歳暮で頂戴したサラダ油セットなんかの空き箱が四つも五つも六つもあって、そこにもポケットティッシュが入っていた。

「あそこはもうどうしようもないのサァ」

お父さんが特養に入ったので、要らないものを二階に上げてくれる人がいない、用事がいっぱいあって片付ける時間が取れない、あそこはああだけど、居間は掃除が行き届いている、ウチに遊びに来る人はみんな「きれいにしてるネェ」と言ってくれる、とおもちさんは締め忘れた蛇口から水がチョロチョロ流れるように並べ立てた。

「あー、うん、そうみたいだね」

娘は関心なさそうにうなずき、「昨日はお疲れさまだったねぇ、気に入ってくれてよかったよ」と話題を変えた。ホッ。おもちさんは息をついた。肩の力が抜ける。安堵しすぎてからだが萎んでいくようだった。恥部という言葉が浮き上がった。大事なところをタオルで隠し、ちょっと屈んで浴場に入る場面がよぎる。あの和室は、ほんとうに、もう、どうしようもないのだった。どうすることもできなくて、いつも戸を閉てている。

「夢てまりに持っていくものなんだけど」
言いかけて、娘は口をつぐんだ。なんでもなさそうに浅く笑い、「お茶飲んだら？」とおもちさんにマグカップを持たせ、綾鷹をひとくち飲ませた。

「夢てまりに入ることは決まっていたけど、部屋が空いたのがこないだで、それで昨日、やっと見学に行けたわけだよ。あとはお引っ越し。家具を入れて、身の回りのものを運んで、暮らせるようにしちゃえば、いつでも退院できるから」

娘は間合いを充分に取り、ゆっくりと言った。おもちさんは、すべて初耳のような、そうではないような、まあいつもの感じだったのだが、なんとなくさっきの挽回（ばんかい）をしたくて、そんなことは先刻承知、聞き飽きたのふうで、足をブラブラさせていた。娘はバッグからボールペンとメモ帳を出し、ボールペンをカチカチさせながらリング式のメモ帳をめくった。

「昨日、あれからもう一回夢てまりに行って、部屋のサイズを測ってきたんだ。家から持っていく大物は、ベッド、寝室のテレビ、廊下の籐（とう）の引き出し、居間の電話台、和室の六段引き出し、と、これくらい。ほかになにか持っていきたいものある？」

「急に言われてもネェ」

娘が口にした家具をひとつひとつ思い浮かべるだけで頭が疲れた。ンーと首をひねっていたら娘が「ベッドは奥の左側に置く」、「籐の引き出しはクローゼットに入れてハンカチなんかの小物を入れる」、「電話台はベッドサイドテーブルの代わりにする」、「六段引き出しはベッドの足元に」と次々言い足した。ひとつも像を結べていないおもちさんなど置いてけぼりだ。キーッ。おもちさんはたちまち爆発しそうなくらい苛立った。

「急に言われても分からないの！」

「見てみないと分からないの！」

ブンブン首を振り、足をばたつかせるおもちさんに、娘は最初こそ「あっおもち山の噴火だ、モチウエア火山だ」とヘラヘラしていたが、「ごめん、ごめんって」とおもちさんの背なかをさすった。

おもちさんの落ち着くのを見計らって、携帯で撮った家の家具や夢てまりの部屋の写真を見せたり、メモ帳に図を描いて説明したりした。だけども残念ながら、おもちさんは、もう、聞くのも考えるのもすっかりいやになっていて、耳をかたむける振りもしなかった。

「分かった、あんたに任せるワ」

好きにして、とベッドに仰向けになる。この話はこれにて終了、のつもりだったが娘が言った。

「そう？　じゃあ食器や着るものも任せてくれる？　気に入らなかったらあとでお母さんが選び直せばいいよ」

「アーもう、あんたの好きにしていいって言ったっしょ」

おもちさんはよっこらしょ、と大儀そうに寝返りを打ち、娘に背を向けた。ほんのり苛ついたのは、娘が「選び直せ」と言ったせいだった。「選ぶ」のは「思い出す」のと同じくらい億劫だった。よほどコンディションがよく、どうしてもそうしたいという一途な強い思いか、切羽詰まった事情があれば別だが、そうでないとやりたくない。

「了解です」

娘は笑い声を忍ばせて応じ、つづけた。

「適当に見繕って運ばせてもらうね。あと、テレビ台と、ちいさな食器棚か扉付きのキャビネットと、書き物をしたりするテーブルと椅子は、今日明日でニトリで選んでくるから」

「ニトリ?」

新しいの買うのかい？　とおもちさんは素早く娘のほうにからだを向けた。肘枕をつき、抜かりのない人物のように低い声で訊ねる。

「ウチにあるものでなんとかならないのかい?」

あたしの目の黒いうちは勝手にさせないとでもいうふうに、ちょっと凄んだ。家具の買い物と聞き、にわかにお金が心配になったのだった。

「ただでさえこれから夢てまりの掛かりがあるのにサァ。お父さんだって特養入ってるし、ふたりとも今から若くなることなんてないんだからバンバン入院するだろうし、お金は出るいっぽうサァ。ウン、今だって毎月赤字。貯金をネ、取り崩して、取り崩して、生きてるのサ。ネズミさんが大事なチーズをチョベットずつ齧ってるようなもん。だからネ、そんなにパッパカ使えないんだって。だいいち……」

おもちさんはしばし我が家の苦しい台所事情をくわしく娘に打ち明けた。話せば話すほど悲観的になっていった。あれよあれよという間に貯蓄額が底をつき、夫婦揃って施設を追い出され路頭に迷う未来がすぐそこまで迫っているような気がした。ボロを着て寒さに震える、現実味溢れる感覚に襲われ、怖くなった。手が自然と胸元にいく。上衣の合わせをぎゅっと摑む。もうダメだと思わさった。今度こそ、ほんとうに、一巻の終わりだ。

「大丈夫だと思うよ」

娘が簡単に請け合った。軽やかな口調で繰り広げるには、おもちさん夫婦が施設暮らしをつづけても二十年くらいは貯金が保つそうである。家で使っている家具はどれも立派に大きくて夢てまりの十畳ほどの部屋の広さに合わないし、無理やり運び入れたとしても、築浅の夢てまりに置いてみると傷や古さが目について、きっと、お母さんは毎日ドンヨリすると思う。だったら、この際、ニトリでお値段以上それ以上のちいさめ家具を新調したほうがいいんじゃない？　きもちよく新生活を始められるんじゃない？　とのことだった。

「そうだネェ……。そういうことになるのかネェ……」

おもちさんはまた仰向けになった。バンザイをして、「あーあ、あ」とノビをする。両膝を立て、一、二、一、二、かたほうずつ蹴り出すような運動をしつつ白い天井を眺めるともなく眺めていたら眠たくなった。心配したり想像したりで疲れたらしく、頭がボンヤリする。なんとも言いようのない「とりとめのなさ」が雲のように広がった。足の運動をやめて、ちょっと集中。雲の隙間から一条の光が差し込んでいるようなのだ。

「そうだネェ」

娘の言を信じれば、そういうことになるのだろうが、果たしてホントにそうだろうか。いいようにされているのではないだろうか。そのような疑問が輝くように芽生えた。うまいこと誤魔化されている気がしてならない。それは今このときだけでなく、思えば、ずっと、ずっと前からだった。

おもちさんの言い分に耳を貸してくれる人などいなくなり、おもちさんの信用はゼロになり、そうして、娘もトモちゃんも丸メガネさんも先生も、とにかく言うことを聞きなさいト、そうしていれば間違いないト、そうするものですト、寄ってたかって丸め込んだ。そうサ、あたしは丸め込まれ放題だった。そんな記憶がモチャモチャと湧き上がる。

「夢てまりに入るのだって、あんたたちの思う壺だったしネ」

みんなしてグルになってサ、とおもちさんは枕の位置をあんばいよく調整し、再び両膝を立て、足を組んだ。

「アーア一杯食わされた、歳は取りたくないネェ」

見破ったり、の表情でおもちさんは娘にチロリと目をやった。娘は脱力したように笑い、首筋をさすって「めっちゃ振り出し」とかなんとか言った。綾鷹を飲み、さて、というふうに膝に手をおき、おおよそこんなことを話した。

「お母さんの病気はだんだん悪くなっていて、毎日お腹にお注射しなくちゃならなくなったの。これ以上悪くさせないためにはカロリー計算したバランスのいいごはんが必要なの。

もう、お母さんひとりの生活では難しいの。どうしても好きなものばっかり食べたいだけ食べちゃうでしょ。ちゃんとした施設に入らないと、先生が退院させないって言ったの。だから夢てまりに入ることになったの。夢てまりに入らないと退院できないの」

　実際はもっと長かった。コーケットー、テーケットー、コントーとここ最近お馴染みの早口言葉も挟み込まれた。おもちさんはこの早口言葉が大嫌いだった。これを口にする人は揃いも揃って深刻な気配を醸し出す。分けても丸メガネさんの出す気配がすごい。おっかなくてついニヤけると、笑いごとではないと鬼の形相で絞られる。でも、丸メガネさんは、おもちさんの意識がフワーッと遠のいたときに「それ見たことか」と責めたりしない。なんのこれしきとギリギリまで我慢して、迷ったあげくナースコールを押してみると、すぐにダッダッダッと駆け付けて、なんとかしてくれる。おもちさんが復活したその直後には、心からあーよかったという顔をする。いずれの場合でも、仕事だからというのではない、おもちさんのからだを大事に思っている感じが伝わってくる。こんなことが度重なれば、いかなおもちさんでも、持病の重さをうっすらだけど自覚しないではいられなかった。だから早口言葉は大っ嫌い。直面しなくちゃならなくなる。突然意識を失うこと。ホントのホントにそのまま戻って来られなくなるかもしれないこと。

「フゥン」

　おもちさんは押し黙った。知らずに神妙な顔つきになっていく。ショックを受けていた。娘に説明されてみたら前にも聞いた覚えがあると気づいたような気がした。そのときもショックを受けたと思うのだが、それらはいったん脇に置き、どちらにも「初めまして」と正式に挨拶している感じがした。

　島谷もち子、満八十三歳、来月のお誕生日で八十四歳。もう独りでは暮らしていけないそうである。先生のお許しが出ないのである。だから、あんな、明るいオバケ屋敷みたいなところに行かざるを得ないのだ。

　首を起こした。相部屋のみんなは眠っていた。思い思いの寝姿をしている。斜向かいの野森さんは看護師さんに起こされて、検査に連れて行かれるところだった。飴色のブラシでサッと髪を整え、おもちさんに会釈して病室を出て行った。

「だったら、トモちゃんたちが家に来てくれればいいんでないの？」

　と、言ってみた。よい思いつきだと思い、つづけた。

「トモちゃん、前に、『おかあさんたちと暮らしてもいいですヨー』って言ってたし。二階をネ、ちょっといじれば、ンー、おトイレつくったりしてサ、そしたら一緒に住めるんでない？」

　あー、と娘は黒目を天井に向けた。

「トモちゃんとこは持ち家だしねぇ」

「なんも売って引っ越せばいっしょ。あっこよりウチのほうが広いっしょ」

「いや、うーん」

　娘はうなり、考え込むふうで、トモちゃんがお母さんに優しくしてくれるのは離れて生活しているからなんだよ、一緒に住んだらまた違うよ、とさっき野森さんが言っていたようなことを言った。お母さんのきもちは分かるけど、と前置きし、

「わたしとしては、これ以上、トモちゃんの時間をお母さんのために割かせたくないんだよね。トモちゃんの時間はトモちゃんのものであってさ、お母さんのものじゃないんだよ」

わたしだってそうだ、と娘は口元をゆるめた。ハッキリ言うよ、というふうに黒目を光らせる。

「できるだけのことはするけど、わたしの時間を丸ごとお母さんに差し出すつもりはないんだよ」

できるだけのことはするけどね、と繰り返し、照れ隠しなのかなんなのかイヒヒと口を横にひらいて笑ってみせた。

「あんたもあたしと住む気はないってことだネ」

辛辣だネェ、と娘に背を向けて、おもちさんは前方に腕を伸ばした。枕元に置いてあったボックスティッシュの角を触る。泣くかな、と思ったけど、涙は落ちてこなかった。ショックは受けたし、「初めまして」の感触もあったが、過去に幾度か挨拶した記憶が胸のうちをゆったりと流れていった。大きな川の絵が浮かぶ。ひばりの歌う「川の流れのように」が、そこに被さる。歌のとおりだ。時代もまた流れているのだった。いつのまにか過ぎているのだった。年頃だからって無理してカマドを構えないとならないものでもないか

ら、「あっこのムスメさん、まだ独りなのかい？」という陰口っぽい囁(ささや)きはほとんど聞かれなくなったし、カマドを構えたからってソレッとばかりにオメデタの話をするのは憚(はばか)られるようになった。おもちさんは、基本的には、そういう風潮に大賛成だ。なんも、みんな、好きなようにすればいいっしょ、と思っている。だから娘もトモちゃんも好きなようにすればいいんだし、好きなように生きてほしい。だけどもそれとは別口で、おもちさんは、できれば、だれかと一緒に暮らしたかった。自分の足りないぶんを埋めてくれるだれか。それが娘かトモちゃんだとよかったんだけど。

「ナァに試しにちょっと言ってみただけサァ」

ひとりごちたら、それがほんとうのところだと思えた。冗談で言っただけなのに真に受けて。フフフ、と娘を笑ってやるのもいいかもしれない。いや、それより、とからだを反転させ、夢中で話した。

「いやいや、あたしがしてるのは家の心配サ。あたしが夢てまりに行ったら空き家になるっしょ。人が住まない家の傷み方ったらないからネ。無用心だし、何十万もかけて融雪溝(ゆうせっこう)付けたばかしだし、だれか住まないば勿体(もったい)ないヨ」

あんた、どうだい？　あっこに住めばいっしょ、と努めて気楽に持ちかけた。

「結構です」

娘は即座に断り、独り言のように付け足した。

「ゆくゆくは売るか貸すかしなきゃならないんだけど、今は、まず夢てまりへの引っ越し、そしてあそこでの生活に慣れることが最優先」

リング式のメモ帳をめくり、

「今日明日でニトリで家具を見繕うから、明後日（あさって）、トモちゃんに車、出してもらって三人でニトリに行って、お母さんに現物を見てもらうね、ついでにコジマでちいさい冷蔵庫とラジオも買っちゃおう」

と学校の先生みたいな口調で言った。学校の先生でもないのに。こどもの頃はノロマでなにをするでもモタモタして、おもちさんの気を揉ませていたのに。

「あー、おもちさんの部屋にふさわしい家具がニトリにあるといいけど！」

娘が胸の前で手を組んだ。パチパチとまばたきして見せる。いかにもウキウキした気分のようだ。おもちさんのご名代での買い物ということを忘れているみたいな浮かれっぷりで、おもちさんは思わず噴き出してしまった。

「あるサァ、ニトリにならなんでも」

あたしのベッドもニトリだけど、大したいいのサァ、とゆっくりとうなずいた。昨日見た夢てまりの居室の画がよみがえり、アッ！　忘れるトコだった、思い出してよかった、と起き上がって、正座する。

「あたしネ、あの部屋の入り口から窓まで、真っ直（す）ぐな道みたいに、真っ赤な絨毯（じゅうたん）ば敷きたいのサァ」

夢物語を聞かせるように、おもちさんは思いを吐露（とろ）した。

「レッドカーペット？」

いいねぇ、と娘が乗り気になった。

「ヤーでもそんなのニトリにあるかナァ」

おもちさんが言うか言わないかのうちに娘が言った。

「あるサァ、ニトリにならなんでも！」

おもちさんは娘の言葉に深くうなずいた。アー楽しみが増えた、と両手で頰をさすったら、また、フッと思い出した。藍子への書きかけの手紙。赤い絨毯のことも教えてやらないば。そうして藍子といえば、お手紙の交換だったか、お電話でのやりとりだったかは忘れたが、そのなかで、とっても嬉しいことを言ってくれた。それは、おもちさんがいつだったかの夜に布団のなかでびょうびょうと風の吹く音を聞きながら「こうだったらどんなにいいか」と心に広げたアテのないことと、ソックリ同じだった、ような気がする。それを、急に、思い出した。

「藍子がネ、できたら、あたしんトコに来たいんだって。『おもちおばちゃん家のこどもになりたい』って」

もうだいぶいいトシなのにまーだそんなこと言ってんのサァ、とおもちさんは目をすがめた。わずかに首をかしげている。仰向けになったり寝返りを打ったりしたせいで、きれいな白髪（しらが）がやや乱れていた。風に吹かれたようだった。

「え？」

娘が訊き返した。なんでもない顔つきをしていたが、目に怯(おび)えが浮かんでいる。

「エッ？」

おもちさんも同じように訊き返した。

しまった。即座にそう思ったが、理由は思いつかなかった。まずいことを言ってしまったという感触だけがある。本来は、おもちさんひとりの胸に収めておくべきことだったのかもしれない。だけども、すぐに、どうでもよくなった。そこをほじくり返すつもりは毛頭ない。不意に秋の日は釣瓶(つるべ)落とし、という語句が浮かぶ。そんな速さで日が暮れていくようだ。

ヤー藍子がサ、とお喋り下手なインコみたいにグジュグジュつぶやき、ミニ冷蔵庫から二本目の綾鷹を取り出す。娘に勧めて斜向かいのベッドを指差した。

「野森さんっていうの。スナックのママだったんだヨ」

と娘の気を逸らそうとして、「どうりで受け答えがうまいわけサァ、アレでなかなかの苦労人でネ」と話すうち、まず自分の気が逸れていった。

テレビ、プリン、オートバイ

ピッ。おもちさんは運賃箱の平たいところにカードをあてた。手すりをギッチリ摑んで、バスを降りる。降り口のステップは二段である。靴底がちょっと濡れているので慎重にいく。い、ち、だ、ん。に、だ、ん。

じ、め、ん、と足を下ろしたら、バチャ！　水ハネが上がった。しかも泥水だ。アッチャー……。大きめにひとりごち、足を抜き上げるようにして歩く。水たまりを脱出する。けっこうな大きさだった。夜間に凍れた昨日の雪がとけたようだ。プラス気温の十二月三十日。今年もあと一日。

おもちさんは冬靴を履いていた。防水防寒防滑、おまけに軽くて歩きやすい。だから少しくらい濡れても平気だ。とはいえ湿り気と冷たさはニヤニヤと伝わってくる。きもちが悪い。泥水だから汚れとニオイ、どちらも気になる。もしもおもちさんが七つ八つのこどもなら、ただただもうもう喚き立て、勢い、生きてることすらイヤになり、盛大に怒り泣きしながら走って家に帰っただろう。でももう満八十四歳。生来の癇性は影をひそめたと自分では思っている。いつのまにやら温厚なおバアさんになっちゃった。正直言って、チョッピリつまらない。

おもちさんは、温厚と言われる人物を世間ほどには評価していなかった。おめんのように優しくほほえんでいるだけで、人間味が感じられない。心の広さを見せたくて、どんなときでも横綱相撲を取ろうとしているようだ。いや、こちらがいくら頭からぶつかっていっても、オヤオヤどうしましたと軽くいなしたり、ハイハイ参りましたと自ら土俵を割ったりするから、ちびっこ相撲を取っている気でいるのかもしれない。

おもちさんはまだそこまで温厚ではなかった。だが、今後どんどん温厚になっていく予感があった。それはひとえに「惚れた弱み」ならぬ「衰えた弱み」によるものだった。

衰えを覚るのは、周りに知り合いがいないときが多い。独りで失敗したときや困ったときだ。だれのせいにもできなくて、だれも助けてくれないから、衰えの進行を実感しやすい。おもちさんは数え切れないほど実感していた。そのわりには慣れなくて、簡単に言うと、実感するたび、悲しくなった。ショックを受けたり、老いたからだに腹を立てたりする馬力はなくなったみたいだった。もはや、しんしんと悲しむのみだ。

今みたいに水たまりに気がつかなかったときもそう。気づかないワケがないではないか。

水たまりは茶色っぽくて、地面は灰色っぽい。去年のあたしならきっと気づいてた、茶色と灰色の違いをちゃんと捉(とら)えていたはずと思われ、失明するその日が着実に近づいてると、そんな結論に達するのだった。

　おもちさんは目が悪い。どこがどう悪いのかは忘れたが、だいぶ前、大きな病院の名高い目医者にもサジを投げられた。もう治りません、治す手立てがありません、とハッキリ言われたと信じている。光は目にしみるし、目に映るだいたい全部が霞(かす)んで歪(ゆが)む。普段は「こんなもんサ」と受け入れているのだが、時折なんの加減か、ひときわ見えづらくなる。いつもならマァマァ見える白地に黒の時計の文字盤すらぼやけ、すると、アァやっぱり悪くなってる、と実感せざるを得なくて、やっぱりあたしは失明を待つばかりの身の上なのだ、と悲観せずにはいられなかった。

　おもちさんには、もうひとつ、毎日お腹(なか)にお注射を打たれ、ときどき入院させられる持病があった。周りの人たちみんながみんな、大した深刻な顔つきでこっちの持病ばっかりヤイヤイ心配するのが、あんまり面白くない。目が見えなくなっていく持病のほうがよほど深刻で重大ではないか。

　お腹にお注射を打たれる持病の進んだ先にあるのは、おっかないなにかである。周りの人たちみんながみんな、これでもかと脅してくるのだがピンときたためしがない。ひきかえ、目が見えなくなっていく持病の進んだ先にあるのは明々白々、失明である。なにも見えなくなるのである。だれに言われるまでもなく、おっかないことこの上ない。

オロオロとしたきもちで歩いた。

勇さんのところに行くときは、こういうきもちになりやすい。老い先の短さが胸に迫り、なにかというと口にする「ヤーいつ死んでもいいワ」の「いつ」のすぐ近くまで、歩いて来てしまっていると実感しそうになる。

病院の売店に寄った。勇さんの入っている特養のすぐ近くにわりと大きな病院がある。特養には飲み物の自動販売機しかないので、勇さんへのおみやげは病院の売店で買うことにしていた。

玄関にはまず除雪用具、次に車椅子が整列している。「あけましておめでとうございます」とルンルン弾むように書かれた紙が壁に貼ってあり、赤い布を被せた台の上に張り子の親子ねずみが飾ってあった。来年の干支だ。

9：50　島谷勇、島谷もち子　妻。

受付で台帳に記入し、番号札を貰った。ほんとうは勇さんの部屋の名前も書かなければならないのだが、オマケしてもらっている。「いつもお世話になっております、島谷です」、おもちさんがふかぶかとお辞儀して、用紙に勇さんの名前を書いたあと「ンット」と部屋の名前を考えていると、係の女性が「こちらで書きますよー」と言ってくれるのだった。

スリッパに履き替えた。コートをパイプハンガーに掛け、ソファ、ついたて、テーブル、椅子、テレビ、自動販売機の点在する広間を抜けて、エレベーターに乗った。勇さんは三階にいる。いちばん上の階の、いちばん奥の四人部屋だ。

途中で行き合った職員さんに車椅子を頼んだ。短い髪をツンツン立てた若くてめんこい男の職員さんはおもちさんを覚えてくれていたようだ。くわしく説明しなくても飲み込んでくれ、「『エトピリカ』の島谷さんですね！　わっかりました！　すぐ行きます！」と大股でどこかに向かった。

おもちさんが「エトピリカ」と札のさがった勇さんの部屋に着き、目と口をカポッと開けて仰向(あおむ)けになっている勇さんに「お父さん」と近づいて、くの字に固まった右腕に触ろうとしたら、さっきのめんこい職員さんが車椅子を持ってやってきた。

「島谷さん、今日は奥さんとお散歩ですよー」

いいですねぇ！　と掛け布団をはぎ、勇さんの左腕を自分の首に掛けさせて「ヨイショ」も言わずに軽々と勇さんを抱きかかえ、車椅子に乗せた。靴を履かせて足を揃(そろ)える。勇さんの痩せたからだは糸のない操り人形みたいだった。めんこい職員さんがあちこち調整して勇さんを「車椅子に腰掛けている人」にする。操作のコツとブレーキを念のためというようにおもちさんに教え、快活に訊(たず)ねた。

「二階ですか？」

「ハイ」

グルグルーってネ、とおもちさんは照れくさそうな愛想笑いを浮かべ、人差し指を回してみせた。

二階にはホールがあった。札幌の大通公園（おおどおりこうえん）風のホールだ。居室が両側に並んでいて、あいだの通路が広く取ってある。通路の真んなかに円い腰掛けが二つ。中心にカラフルな造花をこんもりといけた背の高い鉢を置いているので、噴水のかたちに似ている。通路の両側にはふたり掛け用ベンチが向かい合わせで三脚ずつ。頭上は吹き抜けになっていて、そこだけ天井がガラス張りだから、とても明るい。

この通路を勇さんの車椅子を押して、二（ふた）回りか、せいぜい三（み）回りするのがこのところの訪問スタイルだった。

先月来たとき、間違ってエレベーターを二階で降りて、男の利用者さんの車椅子を押す女の人を見かけた。たぶん夫婦だ。おもちさん夫婦と同じくらいの歳恰好（としかっこう）である。光の差し込む大通公園風ホールの通路をしずしずと進んでいた。映画のワンシーンのようだった。どちらもボーボーの白髪（しらが）頭で痩せていて、背なかのちょっと丸まった、どこにでもいる、ちいさな夫婦だったのだが、あたたかで、どことなく清らかで、嵐のあとにようやっと訪れた優しい静けさが感じられ、だいぶ、よかった。ジーンとした。

おもちさんもやってみたくなった。カーテンを全開にしても陰気な空気を一掃できない四人部屋で、「オゥ」とか「ンッ」とお返事するのが精一杯の勇さんに言葉を投げかけるきりよりずっといい。木のウロみたいな勇さんの目と口を見る時間が減るだけでも心持ちが軽くなる。

痩せこけて縮んで萎（しぼ）んでカッサカサの勇さんだが、カポッと開いた目と口はしっとりと濡れていた。目はまばたきのたび、口はツバを飲み込もうとするたび、ノロノロと閉まった。細い血管の走るまぶたが震え、横っちょにデキモノをくっつけた唇がわななき、剃り残しのヒゲをチョボチョボとはやした喉仏が動く。そのヒゲ、それと短いのに寝癖のついた髪、どちらも硬い白黒まだらで、イキは悪いが、どちらも毎日伸びているらしい。

　気がつくと、じいっと見てしまうのだった。いくら見ても見飽きないような気がする。いつまでも見ていられそうだった。見たいか見たくないかといえば見たくない。おもちさんは、たまらないきもちになる。持ち堪えられなくなりそうだ。なにかとても嫌ったらしいものが、破れてザーッと出てきそうになって、だから見たくないのだが、なんぼでも見らさるのだった。

　折も折、背高のっぽの女の職員さんが「一緒にお散歩してみますか！」と言ってくれた。

　その日、勇さんはちょうど車椅子に乗せられて、レクに参加させられるところだった。毎日十時はレクの時間とのこと。三階の利用者さんがデイルームに集められ、みんなして「ゆーやけこやけで」だの「まっかだナ、まっかだナ」だのの童謡を歌うのだという。あくまでも自由参加なのだが、大半の利用者さんは参加するそうだ。

　そりゃそうだろうサ、とおもちさんは思った。女の利用者さんが多いからだ。全部が全部ではないけれど、なんでもきゃっきゃと楽しめるのは歳を取っても男より女に多い。勇さんみたいに無愛想で口が重くて上手が言えず、釣りと山菜採りのほかは楽しみごとを楽しめないし楽しむ気もないジイさんだって、よっぽど体調が悪いかハッキリ拒否しないかぎり、車椅子に乗せられて、デイルームに運ばれる。

「でもなんか島谷さんって、レク、あんまり好きじゃないみたいなんですよねぇ」

背高のっぽの職員さんは、握っていた車椅子のハンドルを長い指で優しく打った。

「アー、ンー、人と交わるのがエテでなくて」

音痴なもんだし、とおもちさんは何度か頭を下げた。勇さんの性質が背高のっぽの職員さんに格別の迷惑をかけているような気がした。集団生活を余儀なくされ、だれかに世話してもらわないと生きていけない勇さんが、キリキリと差し込むようにかわいそうになった。あのネ。

「この人、こやって車椅子乗ってネ、デ、あたしが押してサ、二階のあそこンとこ、お散歩できたらいいんですけどネェ」

車椅子のハンドルを握り、ソロソロと押し出す手つきをした。その場でチョコチョコ足踏みもし、先日見かけた老夫婦のお散歩のようすを表現した。

「あー、ハイ」

背高のっぽの職員さんはすぐに理解してくれた。利用者さんの車椅子を家族が押し、二階の大通公園風ホールの通路を散歩するのはよくあることらしい。

ニッと爽やかな笑顔を見せ、背高のっぽの職員さんは、おもちさんに車椅子の操作法をレクチャーした。けっこうな分量の説明をしてくれたが、言葉の端々に「段差も斜面もないところをゆっくり動かすだけなのでダイジョブ」とのニュアンスがあった。おもちさんは背高のっぽの職員さんの一言一句に深めにうなずいた。でも、心のどこかに「なにかあったらその辺にいる職員さんになんとかしてもらおう」というのがあったので、いわば「からうなずき」だった。勇さんはそんなに長い時間、同じ姿勢で座っていられないので、なるべく早く戻ってくるように、という注意にもしっかりとうなずいたが、こちらは「守らないぱ！」と強く思ったので、本気のうなずきだった。

その日から、おもちさんは訪問するたび、車椅子に乗った勇さんとお散歩している。といっても、まだひと月くらいだ。

夢てまりに引っ越したのが十一月の二十日過ぎだった。明くる週の夕ごはんのあと、さっそく仲よくなった三、四人と食堂のテーブルでコーヒーを飲んでいるときに、夢てまりの最寄りのバス停から勇さんの特養までバス一本で行けると聞き、「エ、エ、エーッ！」と声を張り上げた。

自宅からだと、乗り換えなければならなかった。乗り換えのバス停は、なにかの工場のだだっぴろい敷地の前にポツンとあった。屋根もベンチもなく、あるのはガムテープでべッタベタに補修した、ボロッボロッの、やっすいビニール革の椅子が一脚。なんとも寂しく貧しい光景で、おもちさんはそんなところで三、四十分もバスを待ちたくなかった。喉がカラカラになるし、お天気が悪かったり、寒かったりしたら風邪をひくかもしれないし、じっとしてたら大抵おトイレに行きたくなる。

勇さんに会いに行くには、トモちゃんの車に乗せてもらうのが、いちばんよかった。最低でも月に二度は連れて行ってくれる。勇さんの好きな缶コーヒーやカステラやどら焼きを届けたり、季節ごとに衣類を交換したり、事務員さんと書類をやりとりしたりの「用事」が毎月あった。

そういう「用事」はトモちゃんにお任せしていた。おもちさんの役目は、「おかあさん、おとうさんのオヤツ買いに行こう」、「おかあさん、おとうさんの寝間着取り換えに行こう」、「おかあさん、おとうさんのムニャムニャをムニャしに行くからハンコと通帳用意しといて」と言われたら、ヨシきたとばかりに張り切って応じること。それと、勇さんの特養に行った帰りは「ヤー大した助かったワ、あたしならトモちゃんいなかったらナンもできないもね」と特大の感謝をして、カラオケ部の例会のあと仲間とよく行く喫茶店に寄り、ピラフとかスパゲッティとかの美味しいものをご馳走することだった。

「用事」がなくても、トモちゃんは勇さんトコに連れて行ってくれる。おもちさんが心のなかで「最近、お父さんトコ行ってないナァ」とつぶやくと、聞こえたように「おかあさん、そろそろおとうさんの顔、見に行くかい？」とお電話をくれるのだった。

それでおもちさんはおおよそ満足している。そのいっぽうで、勇さんに、もっと、会いに行ってやりたいと思っていた。

トモちゃんに連れて行ってもらうのは「おもちさんからの会いたさのぶん」をこなすもので、「勇さんからの会いたさのぶん」にはたぶん、ぜんぜん、足りていない。勇さんの会いたさの分量は、おもちさんのよりずっと多く、舌の付け根がヒリつくほど切実だと思う。
だって、やっと持てた家族なのだ。母が死に、婿養子だった父が家を出され、意地の悪い親戚に育てられた勇さんは十五、六で家を飛び出し、職人になった。腕一本で食べられるようになり、カマドを構え、一男一女にめぐまれ、家も建て、にぎやかに暮らした。こどもらが独立し、夫婦ふたりの生活に戻ったが、息子は近所に家を買い、一家でチョコチョコあそびに来てくれた。スーパードライ、午後の紅茶、ファンタグレープ、ミルクココア。息子一家四人の好きな缶飲料を箱で買って納戸にしまい、あそびに来たら冷蔵庫で冷やしておいたのを振る舞って、帰る段には「ナーニ、いくらでもあっからヨゥ」と納戸から腕いっぱいに抱えてきて、おみやげに持たせていた。

その頃の勇さんは一六五センチ、八六キロの太っちょさんで、タバコもスパスパ喫って いた。無口なのは相変わらずだが、勇さん専用の肘掛け椅子に腰掛けて、皆の会話を大した嬉しそうに聞いていた。それがここ数年でみるみる弱り、オトトシ特養に入った。

現在、体重は四〇キロ。お尻の割れ目の上のほうに褥瘡をこしらえて、ドロドロしたものを食べさせてもらう以外は目と口をカポッと開けて、毎日、毎日、たった独りで、四人部屋の天井を眺めている。家族に会いたくないワケがない。会いたくても会いに行けないんだから、会いに来てもらいたいに決まってて、会っても会っても会い足りないに決まってる。

（あたしのほうはもう充分会ったような気がするけどネェ）

たまにそんな薄情なことを思うおもちさんだったが、長い付き合いだもの、勇さんの心情は理解していた。そして、おもちさんにはおもちさんの感情があるのだった。

おもちさんは、あちこちガタはきているものの、ひとりで歩けるし、食べられるし、おトイレも行ける。勇さんと比べたらかなりのお元気さんで、「ごめんネェ、あたしばっかり」みたいなきもちがなんとなくある。会いに行ける者が、会いたくても会いに行けない者に会いに行ってやるのは当たり前で、それをやらないのは元気の持ち腐れサァ、と思っている。

だのにおもちさんはバスの乗り換え嫌さにトモちゃんに連れて行ってもらうだけにしていた。つねに、なにがなしに、心残りだった。

だからおもちさんは夢てまりからバス一本で勇さんに会いに行けるのが嬉しかった。思い立ったらソク行ける。勇さんを喜ばせることができる。車椅子を押して話しかけていると、水いらずの気分になった。以前、夕ごはんのあとなどの、ふたりで暮らしていたときの調子と、さのみ変わらない。語り手がおもちさん、聞き手が勇さん。違いは我が家ではないことと、勇さんの反応がなくてもおもちさんが「チョットお父さん、聞いてんのッ。ったくモー張り合いがない人だネェ！」と剣突（けんつく）をくわせたりしないことだった。

「ヤー夢てまりに入れてもらってホントにいかったワ。ここまでひとりで来れるもね。言ったかい？　引っ越したって。ヤ、引っ越したんだワ。ン、夢てまり。ウチからズーッと行ったトコにある安い店、ホレ、前にお父さんがジュースば箱で買ってた店、あっこから一本入ったトコにあるマンション。わりかし高級なネ、マンション。あそこにネ、引っ越したのサ。なんかネー、あたしの病気だいぶ悪いみたいでネー、マンションに入らないばダメなんだって。なーんも元気なのサァ。ピンピンしてる。老人相手だと、みんなチヨット大袈裟になるっしょ。ハイハイっておとなしく言うこと聞いてるわけサ。こっちはこっちでなかなかどうしてゆるくないヨゥ。

したけど、ちひろがなんもかもやってくれてネェ、ヤー大した助かったワ。ずっとこっちにいてくれてネ、毎日あっちこっち走って回ってサ、とにかくマァ、あたしの気に入るようにしてくれたのサァ。ンットネ、家具がだいたい薄茶色に揃えてあんだワ。あたしがいっぺんぽんで気に入ったのが、お電話を置いとく台の下のトコがすりガラスの扉になってるとこ！　あとネェ、お湯沸かすアレ、アレ、アレ……、ポット！　ポット置いとくトコが机みたいに広くて、急須とか湯冷ましとかお茶筒とかあと、茶、茶、茶……、アー出てこない！　お茶ガラ入れるやつサ、アレとかとにかく一式お盆に載せてくれててネ、そこにあたしが昔だれだったかに貰った、モー取っておきの、外国のネ、イチゴとー、イチゴの花とー、葉っぱの模様の布ばフワッと被せてみたら、ばっちビューなのサァ。いつでも美味しーいお茶をいれて飲めるし、あそびに来てくれた人にサァどうぞどうぞってイップク差し上げられるしネ、言うことなしなんだワ。

ウン、言うことなしだネ。だいぶ慣れたワ。入ってる人も、職員の人も、みんないい人ばっかりでネェ。みんなよくしてくれてサー、ありがたいワァ」

話しているうち、おもちさんは、しあわせそうなきもちになった。

実際、夢てまりでの生活は気に入っていた。一戸建てを持って一人前という考えは揺るがないが、モダンなマンション暮らしにもそこはかとなく憧れていた。夢てまりは築浅なので床も壁も建具も新品同様で、とってもきもちがいい。

その上、家事が飛躍的に楽になった。おもちさんは十畳ほどの自室の掃除をするだけでよく、お風呂掃除からも雪かきからも解放された。ごはんも三食出るから、ごはん支度をしなくてよくなったし、ガラガラを引っ張ってフーフー肩で息をしながら買い出しに行かなくてもいい。

部屋を出たら、だれかいる、というのもよかった。ドアを開け、廊下に出てみて、たとえ、ひとっこひとりいなくても、あちこち歩けばだれかかれかと行き合うので、独り暮らしのさみしさがずいぶん減った。朝昼晩、お腹（なか）にお注射の時間があるのも、枕元のナースコールボタンを押せば職員が駆けつける手筈（てはず）になっているのも、たいそう心強かった。

だけどもそのぶん、窮屈にもなった。なにしろ初めての団体生活である。決まりごとの多さに閉口していた。しかも、いつでもかつでもどこかから見張られているのだった。まさに籠の鳥だ。

外出届けを出さずに玄関をすり抜けて、バスに乗って自宅に戻り、貴婦人のオルゴールや亜土（あど）ちゃんの絵皿をリュックに詰めて帰ってきたら、職員さんたちが雁首（がんくび）を揃えて待っていて、ギッチリ絞られた。

一階にパンやスナックの自販機があるのを知り、飲料の自販機とはチョット勝手が違ったけれどがんばって使用法を覚えて買ったメープル味とチョコ味のデニッシュが美味しくて美味しくて、一日ふたつ、毎日オヤツ代わりに食べていたら、職員さんが看護師さんに言いつけたらしく、お注射の時間に「おもちさん、聞きましたよ」とガッチリ怒られた。

そのちょっとあと、敷地内のデイサービスに通わされそうになった。看護師さんと職員さんとトモちゃんが結託して、三方向から「お友だちができる」だの「楽しくてお腹がすくのを忘れる」だの「グッスリ眠れる」だの熱心に言ってきた。

情にほだされ見物に出かけてみたら、そこには勇さんの特養にいるような人ばかりが集められていた。皆、茫々（ぼうぼう）とした目つきをしていて、風に吹かれる麦の穂みたいに頼りなくからだが揺れていた。おもちさんはその人たちと同じ席に着かされた。一枚ずつ紙が配られ、見ると、イチョウや松茸（まつたけ）の輪郭だけが描いてあった。塗り絵だ。ただただ、はみ出さないように色を塗るだけの、どんなにユックリした人でもできる塗り絵。

それをやらされそうになったおもちさんは電光石火で憤慨した。荒ぶる感情の赴くままに喚き立て、ひとりだけ違うゲームをやらせてもらうことになった。木偏の漢字をいくつ書けますか、というもので、おもちさんはたちまち機嫌を直し熱心に取り組んだものの、デイサービスに通う気は起こらなかった。

夢てまりの入居者さんだってみんながみんな、いい人ではなかった。おもちさんがいちばん嫌いだったのは、最初に話をした白髪のオカッパだった。フチに房の垂れたエンジ色のストールを肩に掛け、ひとりで談話室兼食堂の椅子に座っていた。おもちさんが挨拶したら、オットリとした口調で訊いてきた。

「奥さん、おいくつ？」

「アラ、いくつに見えます？」

おもちさんはなかなかチャーミングな表情をつくって訊き返した。するとと白髪のオカッパは小首をかしげて、こう言ったのだ。

「はちじゅう、七？」

「八十三ですけど？」

来月八十四、とおもちさんはプンと横を向いた。「えー、まだそんな？」と驚く白髪のオカッパの声が聞こえ、憤懣やる方なかった。一生口をきくもんかと腕組みしたのだが、数日後、白髪のオカッパは夢てまりを出て行った。なにか事情があるようだった。その事情には諸説あり、真実はヤブのなかだ。おもちさんが分かったのは、白髪のオカッパが鼻つまみ者だったという「公然の秘密」で、「やっぱりネェ……」とトックリうなずいたのだった。

代わりに入ってきたのがフミ子さんだった。

「えっ、もう後輩ができたの？」

娘に教えたら、笑って驚いていた。娘は今まで通り、昼と夕方にお電話をくれる。何回かに一回は「赤い絨毯、探してるんだけど、ちょうどいいのが見つからない」と報告した。サイズや厚さがどーのこーのとクドクドつづく釈明をおもちさんは「アーそっかい」と聞き流し、娘が口をつぐんだところで「なんも、なんも、無理しなくていいヨゥ」と声をかけた。自分が娘に赤い絨毯の調達を頼んだ過去がしのばれた。覚えているような気がするが、わざわざ思い出すほどではないと思える。そんなことより、いつまでも気にする娘が気の毒で、「ソレ、もういいワ」とこないだキッパリ断った。

とにかく、フミ子さんとはすぐに打ち解けた。フミ子さんは朝ごはんを食べたあとか、お昼ごはんを食べたあと、おもちさんの部屋にやってくる。「ごめんください」とドアを叩き、ブドウやみかんの手みやげを「チョットだけど」と差し出して、「ヤァヤ今日も来らさった」と窓辺のテーブルに真っ直ぐに向かい、おもちさんのお注射を打つ時間まで腰を落ち着けた。おもちさんが丁寧にいれたヒスイ色のお煎茶を飲みながら、毎日だいたい同じ話をした。要するに定年まで勤めた教員生活の話で、フミ子さんの思い出深いエピソードがいくつも語られ、最後はいつも「おかげさまでマットーできました」で締めくくられた。

最初こそ身を入れて聞いていたおもちさんだったが、この頃では合いの手を入れるきりだった。視線はテレビに向けていた。おもちさんだけでなく、話し手のフミ子さんもテレビに目をやっていた。テレビは、すりガラス扉の電話台とお茶飲みセットを載せたキャビネットのあいだにあった。同じシリーズのローボードの上に据えてある。

我が家から運んできたテレビだった。居間のテレビは大きすぎたので、寝室にあったのを持ってきた。「お父さんのテレビ」だ。

何年も前、テレビの方式がガラッと変わった。いよいよ今のままではテレビが観られなくなる段になり、居間のテレビと一緒に買い替えた。懇意にしている電器屋さんの勧めもあり、思い切って、どちらもけっこうイイのにした。歳を取れば取るだけテレビを観る時間が長くなる。どうせならパキッと明るくあざやかな画面で観たい。それにたぶんこれが最後のテレビになる。

勇さんは働き盛りの昔から夜の八時にはさっさと床につき、夕刊を読んだり、旅番組かグルメ番組を観たりしてダラダラ過ごし、いつのまにか寝入ってしまうのを好んだ。「だらしないネェ！　そんな寝方をするのは人間のクズだ」と癇性のおもちさんに強烈な注意をされても「なんダァ、おっかない顔して」とニヤニヤ笑うばかりで、夕刊はひらきっぱなし、テレビ、電気もつけっぱなしでイビキをかくというスタイルをやめなかった。やめないどころか、病気のせいで推し進めるかたちになった。さしものおもちさんでも勇さんに「クズ」と言えなくなったのは、平成二十七年あたり。特養に入る三年前だった。

今日のおもちさんの頭には、勇さんが弱っていった経過が時系列で入っていた。

明け方、いつものように目が覚めて、おトイレに行ったあと、テレビはまだやっていないだろうからラジオを聴こうとしたのだが、まだ暗いうちから音を出すのは控えるよう職員さんにやんわり注意されたのを思い出し、ローボードのすりガラスの扉を開けた。バインダーやウグイス色の日記帳や帳面が立て掛けてある。

おもちさんには記録魔の一面があった。家計簿、日記、料理の手引きは言うに及ばず、さまざまな事柄やその時々の雑感などを書き留めていた。書くのが目的のようなところがあり、まず読み返さなかった。料理の手引きはこどものちいさい時分は繰り返し活用したものだが、もうどこにしまってあるのかも覚えていないし、歴代の家計簿、日記も同様である。ここ数年ぶんの家計簿、日記帳、帳面は居間のセンターテーブルの下にかさねて並べていた。ここから娘が数冊選び、夢てまりに運び入れたのだった。

立て掛けてあった帳面類の表紙を一冊ずつ見ていった。「家計簿」、「五年連用日記」、「たんす、おべんと、クリスマス」、「か　き　も　ち」、「いただいたもの、さしあげたもの」、「歌のアルバム」、「勇さんの記」。

「ど、れ、に、し、よ、う、か、ナ」

低い声でつぶやきながら、人差し指で帳面をさしていった。「たんす、おべんと、クリスマス」が気になった。それだけ異質な感じがする。どうということのない大学ノートだが、おもちさんがいつも買う五冊でいくらというのではなさそうだ。おもちさんが自発的になにか書こうとして買ってきたのではないと思う。なんとなくだが、字面を眺めるだけで、首の後ろがヒヤッとする。

とりあえず、今日のところは、とかなんとか、そんなことを口のなかで言って、おもちさんは、薄い桃色の帳面を抜き出した。「勇さんの記」だ。平成二十四年、電動ベッドのリースを始めたときから始まっている。

　四月十七日、夫婦の寝室に初めてベッドが運び入れられた。おもちさんは、ベッドの脚が畳に食い込むのではないかと心配していたが、汗っかきの男の人がマットを敷いてくれた。リースだけどベッドもマットも新品だそうだ。汗っかきの男の人がおもちさんに手元スイッチを持たせ、操作法を説明した。あたま、あし、たかさ。上向き矢印、下向き矢印。長押しすると、背なかにあたるマットが起き上がったり、足元にあたるマットが山形になったりした。ベッドの床も高くなったり、低くなったりした。だんだん面白くなった。我慢できずにベッドに仰向けになってみて、ウィーンと背なかを起こされたり、ウィーンと膝を曲げさせられたりしてもらい、「ヒャァ」と声をあげ、納入してくれた汗っかきの男の人と、念のため見に来たトモちゃんと、立ち会ってくれた林さんを笑わせた。

「アァいいきもちだネェ。あたしにもひとつ欲しいくらいだワ」

　三人にもうひと笑いさせ、おもちさんも笑った。そわついた笑いになった。ベッドに寝てみて、テレビが観づらいことに気づいたのだった。なんとかしておかないと、と気が急いた。

　テレビはベッドの脇にあった。畳にじかに置いていた。勇さんが、半回転して高さを出した枕に肘をついて観るのにちょうどいい場所。そこが何十年間も「お父さんのテレビ」の定位置だった。和式布団ならよかったが、ベッドになったらそうはいかない。

　おもちさんは一計を案じ、そして閃いた。隣の和室にあるたんす。タップリ奥行きのある頑丈な隙間家具というもので、以前、テレビショッピングで注文した。引き出しが棺桶みたいに長くてひじょうに扱いづらかったが、返品するのが面倒なので置いていた。使う気はないけれど捨てるのは惜しい小物をギュウギュウに詰めていて、高さはおもちさんの腰くらい。アレを夫婦の寝室に持ってきてテレビを載せたらどうだろう。テレビがきっと観やすいはずだ。

引き出しを全部外した。その前に中身を出してカラにしていた。おもちさんは「ふんっ」と息をため、たんすを後ろから押し出した。ザリザリと畳を擦るイヤな音はしたが、たんすは動いた。動き出せば血管が切れそうなくらいパンパンになった感じの頭のなかが少し楽になった。敷居に差しかかると前に回ってまた「ふんっ」と持ち上げ敷居に載せて、後ろから「ふんっ」と押した。アーッ重い。アーッ疲れた。アーッモー泣きたくなるネェ。悲鳴のような声をあげつつ、おもちさんはやり切った。ベッドの足元に安置したのだ。手が痺れ、ちょっとふらつくような気がしたけど、引き出しを入れ、中身を戻した。それから電器屋さんに電話をかけた。長い付き合いの電器屋さんはすぐ来てくれた。いつもの青い野球帽をちょっとずらし、「どうされました?」と大きな反っ歯を見せて笑う。

「ヤー、モー、どうもこうも」

おもちさんは電器屋さんを夫婦の寝室に案内し、

「ここまではやったんだけど」

とたんすを指差し、この重たいたんすをたったひとりで移動した苦労話を、身振り手振りを交えて語った。

「頭の血管切れてもイイと思ったもね。とにかくコレをココに持ってこないば、お父さん、テレビ観れないからサ。うちのお父さん、もうテレビ観るしか楽しみがないんだワ。新聞も読まなくなったし、海にも山にも行けなくなったしサァ。や、これからウォーキングとかがんばってくれたら、ちょっと前のお父さんくらいには戻れると思うんだけどネ」

電器屋さんは大いに感心した。いやー献身的だ、前向きだ、とおもちさんを称賛した。まるっきりお得意さんへのお上手とはいえないような真心が感じられた。ご主人、きっと元気になりますよ、とテレビをたんすに載せてくれ、テレビの後ろから延びている線をあっち繋(つな)ぎこっち繋ぎして映るようにしてくれた。代金は「サービス」と言って受け取らなかったので、食べ切れなかった羊羹(ようかん)を持たせた。

このとき、勇さんは水頭症手術のため入院中で、もうすぐ退院というところだった。その三年前、ごく軽い脳梗塞で数日検査入院した。振り返ってみると、その三年間で勇さんがどれほど弱まったのか、おもちさんは気づかなかった。そうして水頭症手術のための入院を終えてからは、着々と深まる勇さんの弱まりに併走するのにやっとだった。

おもちさんの爪先はまだ少し湿っていた。バスを降りて、バチャ！　と水たまりに着地したから。夢てまりの最寄りのバス停でけっこう長くバスを待っていた自分の姿がまぶたの裏をかすめた。寒さや冷たさを思い出す感じがして、タン、タン、と靴を鳴らした。

「前にサァ、ふたりで靴買いに行ったっしょ。イオン。お父さんが車、運転してサァ、お父さんの冬靴買いに、札幌のイオン。

よさそうなの見つけて、履いてみるかってなって、今履いてるの脱ごうとして、したら、摑まるトコなくて、どもならなくて、靴置いてるガラスに手ェついたら、ホレ、ああいうガラスって金具にソーッと載せてるだけだから、グラッてなるマもなく靴ごと落っこってサ、ガチャーンって音して、ソレッて走って逃げたもネー。アレ、ガラス、割れたんだったかい？」

一、二、三、四。勇さんに問いかけたら、おもちさんは胸のうちでゆっくりと数を数える。十から二十だ。目安としては、おトイレの水を連続で流したいときに待つのと同じくらいの長さ。

「ヤッ！」

勇さんが答えた。勇さんの応答は短い。且つ、怒声に聞こえる。からだじゅうの力を集めて絞り出しているのだと思う。

「割れてネッ！」

そして第一声が出たら、次は比較的スムーズに出る。

「アー割れてなかったかい。そりゃあ不幸中の幸いだったネェ。実はネ、あたしサ、あれからしばらくあそこのイオン、行けなかったんだワ。お店の人に悪くてサァ」

「ンッ！」

三つもつづけて答えた。今日は調子がいいのかもしれない。おもちさんは勇さんの肩に顎を載せるようにして、顔を覗き込んだ。頬がこけて、タテに伸びた感じである。禿げてきたのと口を開けているせいもある。サレコーベのかたちが透けて見えそうだ。あんまり水分をとりたがらないせいだろうか、薄そうな皮膚がぴったりと張り付いているらしく、シワもたるみも目立たない。上手にミイラになっていくようだった。と、勇さんが、ぶぶぶ……と震わせながら左手を持ち上げた。なんともマァ、ハカのいかない持ち上げ方だ。ノロいし、何用あって持ち上げるか、ちょっと見では予想が立たないだろう。でも、おもちさんはすぐ分かった。勇さんはヨダレを拭おうとしているのだ。

「アー喋ったからネェ」

車椅子を止め、手提げからティッシュを取り出し、口元を拭いてやった。汚れたティッシュを新しいティッシュで包み、手提げに落とす。突如、申し訳なさが込み上げた。抉り合った記憶が溶け残りの味噌みたいに胸の底にへばりついているらしい。

「勇さんの記」は平成二十七年で途切れていた。ことこまかに帳面に記しておく気力が、おもちさんになくなったのだ。

なるべく毎日一緒にウォーキングして、おもちさんが連れて行く整形外科や、車で送迎してくれるデイサービスで真面目にリハビリを受けたのに、勇さんは自分でできることが少なくなっていった。

勇さんの弱まりの進行具合が、よその人と比べて速いか遅いかは知らない。でも、着実な歩みだったのはたしかだ。ワンツー、ワンツー、「三百六十五歩のマーチ」みたいに勇さんは進んで行った。紙パンツを穿いてもなぜかオシッコはじゃっぷり、ウンチはどっさり溢れさせた。お風呂場でお尻を洗ってやっていたらシッカリ立っていられずにふらついて、足を滑らせ転倒し、唇と顎を何針だったか縫った。動作がひどく緩慢で、おもちさんがごはんを食べさせようとしても、口をひらくまでに時間がかかった。歩き出すときもそうだった。とにかくなんでも、動き出しに時間がかかるのだった。

勇さんはそういう病気になったのだと、今になって、おもちさんはちゃんと覚えた。でも、当時は飲み込めなかった。

大変な思いをして面倒みているおもちさんをバカにしてると思い込み、腹が立つやら情けないやらで肝焼けて、掃除機の吸い込み口で勇さんの背なかやお尻を殴りつけたりした。勇さんは、普段はニカワでかためたような無表情でボーッとしてるだけなのに、そんなときは、三つ四つのこどもみたいに頭をかばって、ヒンヒン泣いた。あんまり哀れで、おもちさんも泣かさった。

ほかにもいろいろあったけど、簡潔にまとめると、勇さんが特養に入る前の三年間はそんなふうだった。ほとんど全部、おもちさんの記憶から滑り落ちている。「勇さんの記」にも残っていないが、日記帳にはいくつか書いてあった。夢てまりに移ってから、眠れぬ夜更けや、ふと目が覚めた明け方などの暇つぶしに、たまに読み返している。読んでも鮮明に思い出せるわけではない。でも、なにかあったあとのしるしのようなものが疼いた。

通路を横切り、「凹み」に向かった。通路の両側には居室が整然と並んでいるのだが、両側の真んなかあたりが歯抜けのように空いていた。歩いていくと階段があり、このちょっとしたスペースをおもちさんは心のなかで「凹み」と呼んでいた。おもちさんは車椅子を居室の壁に沿わせ、階段のだいぶ手前に止めた。

ハンドルから手を離し、車椅子の脇に回る。手提げとレジ袋を手首から抜き、勇さんの股間のあたりにいったん置かせてもらった。勇さんの股間は紙パンツを穿いているせいでややモコッとしていて、軽いものをちょっと置いておくのにちょうどいい。レジ袋からプリンとプラスチックのお匙を取り出す。グーにしていた勇さんの左手を返してひらかせ、手のひらにプリンをソロリと載せた。

「ちょっと待ってネ」

プラスチックのお匙は透明な袋に入っている。おもちさんはお匙の柄のお尻に親指の腹を当て、ぐうぅっと押し上げた。お匙の四角いアタマが透明な袋を破って出ようとする。透明な袋はニューッと伸びて薄くなりはするものの、なかなか破れない。ハァァッ。おもちさんは全力でお匙の柄のお尻を押し上げる。親指の腹が赤くなる。痛い。でも、お匙のアタマはまだ透明な袋を破って出てこない。ったくモーこの袋。

「突っ張るにぃだけ突っ張らかってマァ」

こどもを叱るように文句を垂れて、歯で嚙みちぎろうとしたのだが、ちいさすぎてうまくいかない。

「アアッ情けない」

　つまるところ、歳を取るというのはこういうことだと大きめに嘆きたくなる。ごく些細(ささい)な部分なのだ。日常の些細な動作が上手にできなくなる。時間がかかるようになる。そもそもその「日常」が長く生きているうちにいつのまにか変わっていった代物だった。お匙の透明な袋だけでなく、あの手のちっちゃな袋全般、缶詰のパッカンと開けるフタ、ペットボトルのフタ、新品のボールペンの先っちょに付いてるカバー、みんな手強(てごわ)く、みんなおもちさんの若い頃にはなかった。スースー流れ込んでくるのは、いつかのどこかに思いを馳(は)せたくなるきもち。あたしだってサ、最初からこんなんじゃなかったんだヨ、と言いたいきもち。ほんとにモー。

「開いた！」

　お匙のアタマが袋を破ったのを指先でたしかめた。透明な袋をレジ袋に捨てる。お匙を握りしめ、プリンのフタ剝(は)がしに取り掛かる。ベロみたいなところを摘(つま)んで剝がそうとして失敗、お匙の柄のお尻を突き刺し穴を開けようとして失敗、この二つの方法を交互に繰り返していたら、穴が開き、そこを起点にお匙の柄のお尻でもって、グ、グ、グ、と円を描いて開けた。

「ヤーこんなんでひと仕事だもネェ」

　参るワ、とおもちさんは苦笑した。プリンカップのフチに張り付いたフタの残骸を爪で丁寧に折り込んでいく。三つ子の魂百まで。几帳面なおもちさんは、そうせずにいられない。フタの残骸はギザギザで見るだにイライラする。手提げからティッシュとハンカチを取り出してようやっと準備完了。

「ハーイ、お待たせしましたネェ」

お匙でプリンをすくい、「アーンだヨゥ」と声をかけた。一、二、三、四……。勇さんはわりと早く口をひらくことができた。

「サァ、美味しいのいくヨー」

勇さんの舌にプリンを置く。奥のほうだ。勇さんは一応口を動かす。咀嚼の真似をしているような、味わっているような動きだ。ぬるーっと飲み込みまた口を開ける。おもちさんがまた舌にプリンを置く。繰り返すうち、石炭を焚べるような手つきになる。

「お父さんはプリンが好きだからネェ」

「ンッ！」

口のなかにプリンを残したまま勇さんが答える。

「ネー？」

「ンッ！」

フフフ、と笑って最後のひと匙を勇さんの口中に焚べた。「あむ、あむ、あむ」と勇さんの口の動きに合わせて擬音をつけて、「ハイ、ゴックン！」と嚥下を促した。口を開けさせ点検し「ハイ、もー一回がんばって。ゴックン！」と声をかける。

勇さんにオヤツを食べさせたいときは職員さんに申告する決まりだった。職員さんに食べさせ方を教わった上で食べさせたり、ごはんのあとのデザートとして職員さんから食べさせてもらったりする。ト、だいたいそんなようなことをおもちさんはトモちゃんから何度も聞いていた。だから頭に残っていた。うっすらとではあるが、おもちさんとしては残っているほうだった。でも、プリンは別だと思うのだった。だって、勇さんは、ホントのホントにプリンが好きなのだ。

勇さんの口元をティッシュで拭いてやった。口のハタにこさえたデキモノが痛そうなので、そのあたりは、そっと、なでるようにした。汚れたティッシュをレジ袋に落とす。空のプリンカップやお匙を入れたレジ袋の持ち手をしばる。手提げとともに手首に通し、車椅子のハンドルを握った。凹みを半周し、通路に出ようとする。

「アレ、いつだったかネェ。みんなでプリン食べてたときサァ。ン、モロゾフのプリン、コップみたいなガラスに入った。西山さんの奥さんになんかのお返しで貰ってサ、あんまり美味しくてドッテンこいて、そっから、デパート行ったらたまに買ってくるようになったモロゾフのプリンサァ。

ちひろが『モロゾフのプリンならナンボでも食べれる』って言って、したら隆弘が『オレのほうが食べれる』って、なんでかチョット食ってかかるような言い方してサ。ちひろも中学生なんだから小学坊主なんか相手にしないばいいのにカチンときたみたいで、ホレ、あの子、女の子なのにイッパイ食べれるのが自慢みたいなトコあるっしょ、デ、カチンときたみたいで、『ハァ？　なに言ってんの？　ワタシのほうが食べれるに決まってっしょ』って言って、隆弘が『うるせーデブ』って、マァ、もう、ケンカだよネェ。ついさっきまでみんなで仲よくプリン食べてたのにサァ、アッという間にトゲトゲした雰囲気になって、あたしがサァ、『ふたりとも早く大人になって、自分で働いたお金で好きなだけプリン食べればいいんでない？』って収めようとしたら、隆弘は目玉チョロチョロさせただけでなんも言わなかったけど、ちひろが『じゃー大人になるまで取っとくか』ってシブシブだけど言ってサ、話がそこで終わろうとしたら、黙ってむしゃむしゃプリン食べてたお父さんが『おれの夢はどんぶりイッパイのプリンを食うことなんだ』ってサー、どーしたってくらいの真顔で急に言い出して、ちひろが『そんなにかい』って転がって笑って、『そんなに好きかい』ってモー息も絶え絶えで『プ、プ、プリンが』ってヒキツケおこしたみたいになってサー、隆弘も『プ、プ、プリンがー』ってのたうち回って、あたし、あの子たち、笑い死ぬかと思ったもね」

おもちさんは頬に笑みを残したまま、少し、黙った。その頃住んでいた家が、街が、風が、においが、通り過ぎていくようだった。ストーブに回した柵に干した洗濯物、坂の上から見る灯台、大きな柳の木が優しく揺れて、焼き芋屋さんが来たら、犬も人も駆け出したあの小路。

気づくと、勇さんの肩が震えていた。しゃくり上げている。エッ、エッ、エッ。おもちさんは車椅子を止め、脇に立ち、腰を少し屈めた。ぎゅっとつむった勇さんの目から露の玉みたいな涙がポタポタ落ちる。鼻水が垂れ、ヨダレが垂れ、どちらもキラキラと糸を引いた。

おもちさんは手提げからティッシュを取り出して、勇さんの目尻にあてた。少しずつ位置をずらし、涙を吸い取っていく。それから洟をかませて、ヨダレを拭った。

勇さんがすぐ泣くようになったのは、いつからだっただろう。いや、勇さんが感情をあらわすようになったのは、と言い換えたほうがいいかもしれない。

勇さんは感情を「泣く」であらわす。からだが弱まるにつれ、頻繁に、且つ、激しく泣くようになった。もともと感情表現が苦手な人で、自分のなかに湧き上がる喜怒哀楽を扱いかねているようだった。それがこの数年でなにかというと泣くようになった。少しのことで心が動き、そして泣く。感情のネジ、制御するネジ、どちらもばかになったようで、おもちさんは辛くなる。伝染りそうな気もして、無邪気に不快でもあった。

そろそろ部屋に戻るとする。おもちさんは車椅子を押し、エレベーター目指して通路を直進した。きもちが軽くなっている。本日の任務、じき、終了。お散歩もしたし、プリンも食べさせたし、やるべきことはみんなやった。なにより、ひとりで会いに来た。帰りもひとりでバスに乗らなければならないのはだいぶ億劫だが、なに、それも夢てまりに着くまでのこと。着いたら職員さんに報告して、勇さんの話を少しして、お注射打って、ごはん食べて、フミ子さんとお茶飲みして、お注射打って、ごはん食べて、みんなでコーヒー飲みして、寝ないばならない。アッ、そだ、メモ書いとかないと。
明日の大晦日、おもちさんは近くのスーパーにお買い物に行く予定だった。お正月にご挨拶に来てくれる人のために、お年賀とお茶請けを用意するのだ。三が日は毎年日替わりでだれかかれかご挨拶に来てくれる。単身赴任中の隆弘も帰省していて、昨日、チラッと顔を見せた。おもちさんの部屋をとっくりと見回して「めっちゃいいトコ住んでんのなー」と顎に手をあて、「オレもゆくゆくはトモコとこういうトコで暮らしたいんだよなー、楽だべ?」とけっこう真面目な顔で言い、「じゃっ、一日来っから」と片手で敬礼みたいな身振りをして帰った。隆弘へのお年賀は毎年ニッカウヰスキーの上物で、それはすでに用意していた。あとは、チョコレート、焼き菓子、おみかんなど。買い残しなきようキチンとお買い物メモをつくっておこうと思っている。

夢てまりでの初めての年越しも楽しみだった。先輩の入居者さんたちは「ナーニ、普段に毛の生えたようなもんだヨ」と口を揃えるが、このあいだのクリスマスは生寿司が出た。おもちさんを含めた十二月生まれさんのお誕生会では、職員さんたちが「ハッピーバースデー」を歌ってくれ、なんと、おもちさんにもケーキが振る舞われた。信じられないくらいちいさな三角だったがケーキはケーキ。「ヤー、ケーキあたると思わなかったワ」とおもちさんは何度も何度もひとりごちて喜びを噛み締めた。トモちゃんにも、娘にも、カラオケ部の仲よしにも、電話で教えた。

たしかに「普段に毛の生えたようなもん」ではある。だが、そのちょっとの違いがおもちさんには面白かった。それにこんなに大勢で大晦日を過ごすのは初めてで、それも少し楽しみである。去年の年越しは独りだった。おととしの暮れも独りだったが、あのときは勇さんが特養に入ったばかりだった。そのショックが大きくて、どんなふうに年を越したのか覚えていない。去年、しみじみと独りなんだナァと思った。

家で年越しできない勇さんをかわいそうと思ったが、家にいるけど独りぼっちで年越しする自分もそれなりにかわいそうで、いつもより早く床についた。目が覚めたらお正月で、「アそっか」と襟足を搔いた。

「あのネェ、お父さん。あたしときどき思い出すんだワァ。ヤーもうだいぶ前サ、ちひろが生まれる前、ア、お腹にいるときだったかナァ……。マァそんくらい前のことサ。冬にネ、ウン、夜、お父さんが家の前雪かきしてて、そう、まだ借家んとき。みどり色の屋根のネ、平屋の。お父さんが勝手にお風呂つくって、あたしはあたしで壁にきれーな桜色の壁紙を勝手に張って、大家さんをビックリさせた借家、あそこの前の雪かきしてる途中で、お父さん、大変ダァって玄関に転がり込むくらいの勢いでバーッと長靴脱いでサ、『流星がっ！』って叫んだしょ、覚えてるかい？」

おもちさんの車椅子を押す手が止まった。遠くを見やる目つきになっていた。

「ンッ！」

勇さんの返事には今日一番の生気があった。だよネェというふうにおもちさんはうなずき、車椅子を押す。

「見たこともないくらい大っきな流星が、キウリ切ったみたいな色ばビッカビカ光らせてお父さん目がけてぶつかってきたって、ガーンってぶつかったって、そんな感じしたって、言ったっしょ。

して、立ったまま、コレはなんかのシルシだと、お告げみたいなアレだって、手袋脱いで、その手袋でアノラックの上下のズボン、バッツバツ叩いて大興奮で、顔つきなんかモー真剣そのものでサ、あたしも茶化すの忘れて、デレッキ〔火掻き棒〕持ったまま思わず固唾(かたず)、呑(の)んだもね。

ややしばらく睨(にら)み合いみたいな時が流れてサ、お父さんが満を持したみたいにして『宝くじ当たるんでないか』って言って、あたしもすぐ『あっ、ソレ』ってなって、夏に道路で伸びてたヘビみたいに大っきいミミズを棒切れで草むらに逃がしてやったことを思い出して、あのご利益もあるんでないって話になってサ。

次の日、さっそく宝くじ買いに行こうってなったっしょ。いつものようにフラッと家、出てオートバイに乗ろうとしたら、『ガッチリまかなえ』ってお父さんに言われて、あたし、また家に戻ってサァ、オーバーの下に何枚も毛糸着込んでダルマさんみたいになって、腕がうんと短くなって、お父さんの背なかにやっとこ手が回るくらいだったのに、お父さんが『ちゃんと掴まれ』って怒鳴るから『精いっぱいです』って怒鳴り返して、まーちょっと雲行きが怪しくなったんだけど、『フゥン』ってお父さんがカギ回して、ブルンブルンブロロロロってエンジン吹かしてブーンって出発したわけサァ。

行き先は決めてなかったよネ。フフッ、なぜかというと、お父さんがまず『流星が出てきた方角に行ってみっから』って、『そこかその途中で宝くじ買うべ』って、オートバイ走らせながら叫ぶようにして言って、あたしはお父さんの背なかに耳をくっつけてたんだけど、お父さんの思ってることがジカに伝わってきた気ィして、いったん耳離してサ、その代わりっていうんでもないんだけど、口ばくっつけて、ワーッて大声出したら、お父さん、もちょこかったみたいで、背なかモゾモゾ動かして『危ねぇって』ってチョットなんか弾んだ感じで怒ったもね」

勇さんを部屋に戻し、職員さんを呼んで、車椅子から下ろしてもらった。勇さんは、おもちさんが訪問してきたときとまったく同じポーズでベッドに仰向けになった。くの字に固まった右手を忙（せわ）しくさする。

「じゃあネ、お父さん、あたし、帰るからネ。今度はお正月に来るからネ。ンット、隆弘が連れて来てくれると思うんだ。ウン、隆弘。今、帰って来てるのサ、今日あたりお父さんの顔見に行くって言ってたから来るかもしれないヨ。して、お正月はお正月でまた行くんだって。そんとき、あたしも便乗さしてもらおうと思ってんだワ。だから今度会うときは『おめでとう』サ、別にモーめでたくもなんでもないけどサァ、お正月だから『おめでとう』なんだワ」

アハハハ、とおもちさんは声をあげて笑った。そうしないと勇さんの涙に巻き込まれそうになる。勇さんはおもちさんが帰ると言うと、かならず、少し、泣くのだった。
「アー、もう」と勇さんの涙を拭いて、もう一回、右手に触って、おもちさんは四人部屋を出た。エレベーターで一階に下りる。コートを着て、受付に時間を書き、番号札の返却を促され、アレどこやったっけ、と手提げをゴソゴソして探し出す。失礼します。来たときと同じにふかぶかと頭を下げて、特養をあとにする。

　バス停に向かう足取りは往きより軽い。夢てまりに帰ったら、職員さんに報告して、お注射打って、と考える。ついさっき勇さんにした話のつづきを考えるともなく考える。流星の出どころに向かってオートバイを走らせた、あのつづき。あのとき、あたしたちは宝くじを買ったんだろうか。

　すぐにどっちでもいいと思った。宝くじで大当たりした記憶はない。そうではなくて。
「あのつづき」はそれではなくて。

　なんだかまだつづいているようなのだった。流星の出どころに向かって疾走したときの感覚が残っている。さすがに、もう、あんなに速くはないけれど。

目方、寸法、帳面

――テレビも、ラジオも、職員さんも、二言目にはコロナ、コロナ、コロナで、ここの年寄りたちもよるとさわるとコロナ、コロナ、コロナでございます。耳にタコです。

おもちさんはお手紙を書いている。夕ごはんまでの二時間はお手紙を書く時間だ。もうずっとそうしているのだが、いつからだったかまでは覚えていない。冬だったような気がする。そう、たしか、冬の寒い盛りだった。悪い風邪が流行（はや）り出したとあちこちから聞こえてきて、おもちさんの入居する夢てまりでは、入居者の外出禁止及び関係者以外出入り禁止のおふれが出た。

おもちさんは別にどうとも思わなかった。満八十四歳。冬には風邪が流行るものだし、風邪は大抵悪いものだ。ましてや老人にとって風邪は脅威というのは常識で、職員さんたちは「罹(かか)ったら死ぬ」くらいの熱意でおもちさんたちに注意を促すものである。そんな人たちだもの、風邪が流行り出したと見るや頑然(がんぜん)たるおふれを出すのは不思議ではない。

「悪い風邪がすぐソコまで来てるんだって！　年寄り相手のショーバイだから、風邪にかんしちゃもーみんな神経タカリでネェ、スワ一大事って用心するのサァ」

　娘との毎日のお電話でそう言っていた。

「カラオケ部にも、お父さんトコにも、モーどっこも行けないんだヨゥ、つまんないネェ」

　不満を漏らしたら、娘は「あーそうだねぇ」といったん引き取り、「でも、ほんとに悪い風邪だから。お母さんには特に悪いんだから、気をつけないとね」と真剣な声音で言った。

「エー？」

　そーりゃ大変だぁ、とおもちさんは足をバタつかせた。ベッドに腰掛けていた。柵(さく)に軽く肘を載せ、パールピンクの携帯電話を耳にあてていた。

「あのね、お母さん」

　娘は声を低くして、コーレイシャだのジビョーだのジューショーカだの説明し始めた。おもちさんの太平楽な声の調子に危機感を募らせたようだったが、おもちさんの胸に残ったのは「クドい」一点だった。職員さんも娘もこの話題になると、俄然(がぜん)クドくなる。へんな熱気と真面目さと独特な辛気臭さがムワッと押し寄せてきて、いっそデマを吹き込まれているようだった。

綾鷹を差し入れてくれたトモちゃんもそうだった。いつもは部屋まで持ってきてくれて、ゆっくりお話ししていくのに、おふれのせいで玄関先での対面になった。おまけにガラス越しだ。直接顔を合わせてはいけないのだそうで、トモちゃんは三和土、おもちさんは施錠されたガラスドアの内側に立たされた。

おもちさんがトモちゃんと顔を合わせるのは、このときすでにちょっと久しぶりだった。

「トモちゃん！」

おもちさんが思わず呼ばわると、トモちゃんも呼び返した。

「おかあさん！」

ハッキリ聞こえたのはそこまでだった。その後トモちゃんがなにを言ったのかは分からない。ガラス越しだったし、トモちゃんはマスクをしていたし、おもちさんは耳が遠い。最初は「エ？　エ？　なんて？」と訊き返していたが、すぐに面倒になって、聞こえる振りに切り替えた。辛気臭い空気だけが伝わってきた。

五月になっても、その空気がつづいている。

おもちさんだって、もう、例の悪い風邪が、コロナ、コロナとみんなが震え上がるヤツだと知っていた。分けても年寄りは命をとられやすいそうだ。

外出禁止、関係者以外出入り禁止の日々である。

それでも娘と毎日お電話できているうちはよかった。「ちひろだよ」、「ハイハイ、おもちだよ」。いつもの挨拶で始まる娘とのお電話は、なんということのない内容でもよい気分転換になる。トモちゃんもちょくちょくお電話をくれた。おもちさんもトモちゃんにお電話で用事を頼んだり、夜中にふと思い出して心配になったこと——通帳の残高や、親類の法事の出欠の返事——を確認したりしていた。

だけども携帯電話が壊れてしまった。前から調子はよくなかった。通話中に切れることがたまにあった。トモちゃんに訴えたら、もう何年も使っているし、買い替えどきかもしれないと言い、もう少しあったかくなったら携帯電話屋さんに連れて行ってくれると約束してくれた。

おもちさんは「せっかく新しいのにすんだからサァ、あたしも若い人みたいに、こうやってやるのにしたいナァ」と手のひらを携帯の画面に見立て、そこを指で撥ね上げる身振りをしてみせた。トモちゃんに「あー、でも、やっぱり慣れたヤツのがいいんじゃないかなー。新たに覚えるのってけっこう面倒でしょ」と言われ、「そだねー」と納得したものの「カッコいいんだけどネェ、アレ」とスワイプの身振りをつづけてトモちゃんを笑わせたものだったが、おもちさんの携帯は、冬の寒さがゆるむ頃、うんともスンともいわなくなった。

携帯をトモちゃんに預けて、交換か修理をしてきてもらう案もあったが、おもちさんの携帯はとうに廃番になっていて、どちらも難しいとの情報だった。新しい携帯にするには、やはりおもちさんが同行したほうがよく、なによりトモちゃんに使い方をレクチャーしてもらわないと始まらない。

あいにく夢てまりでは固定電話を引くのは禁止されていた。おもちさんは自宅にいたときは、娘とトモちゃんとは携帯電話、親類や友人知人とは固定電話と使い分けていた。

おもちさんが携帯電話でできるのは、かかってきたお電話に出ることと、娘とトモちゃんにお電話することだ。「ちひろ」、「トモちゃん」と書いてあるところを押すと、ププップーと繋がるようにトモちゃんがしてくれた。固定電話で用が足りるので、それ以外の人たちへのお電話のかけ方は覚えなかった。

夢てまりへの入居が決まり、携帯電話でどこにでもお電話をかけられるようトモちゃんから特訓を受けたが、途中でイヤになった。お電話を受けることはできるので、「あたしに用事があるんなら、向こうがお電話かけてよこせばいいんでない？」と言い出し、トモちゃんに「じゃあ、折り返しのやり方だけでも」と提案されたが、「どうしてもあたしに伝えたい用事なら、あたしが出るまでお電話かけてよこすんでない？」と振り切ったのだった。

おもちさんの通話手段は、事務所のお電話を借りるのみになった。でもおもちさんは職員さんたちが俯いて仕事をしているなかで、ごく私的な用件のお電話をするのに抵抗があった。職員さんは「お電話したいときはいつでも声をかけてくださいね」と言ってくれるのだが、どうしても気兼ねする。話の内容を聞かれるのもなんとなく愉快ではないし、そもそもお電話を借りる行為自体に肩身の狭さを感じる。おもちさんは他人に借りをつくるのが大っ嫌いだ。

年賀状を兼ねた夢てまりへの転居を知らせるハガキには、携帯電話の番号を記した。念のため、「家の電話は使えなくなりました」と手書きで添えた。親類、友人、知人およそ五十人ぶんだったが、おもちさんにしてみれば大した手間ではなかった。もともと筆まめだし、「こういうことはキチンとしないと！」の精神が骨の髄まで染み付いている。

でも、いくらも間を空けずに「当分、携帯電話も使えません」のお知らせをしなければならなくなった。おもちさんといえども、そんなにスグまたおよそ五十人にお知らせするのはさすがに億劫。普段親しくしている十名弱で充分とし、それぞれにお手紙をしたためた。するとそれぞれからお返事がきた。おもちさんもまたお返事を書き、文通が始まった。娘、トモちゃん、藍子の三人衆以外はおもちさんと同年輩だ。自宅住まいも施設住まいもいたが、皆、ほとんど外出してないらしく、おもちさん同様揃って律儀な性分だから、三人衆よりお返事のくるペースが速い。そんなわけで、おもちさんは気のおけぬ友人たちと日々のようすや雑感などなど、互いに書きたいことを書いて送り合っているのだった。

——今日は私の一日を紹介しましょう。目覚めは、平均して午前四時頃です。自室にて来し方行く末に想いを馳せたり片付けものをするなどして六時半からラジオ体操（第一、第二）～廊下をウォーキング。七時から談話室で朝食を摂ります。ゲームタイム、コーヒータイムの後、談話室でランチタイム。午後二時に一階に下りて、ラジオ体操（第一のみ）。それから、みんなで合唱です。五月は「隅田川」？　春のうららの隅田川……。

おもちさんは首をかしげた。今、なにかが頭のなかを通り過ぎた。なにか、とても楽しい思い出だ。そんな感じがカタツムリの這った跡みたいにキラキラと残っている。思い出そうとしたのだが、すぐにどうでもよくなった。

*

その年の夏はよく海に行った。銭函、オタモイ、祝津。汽車に乗ったり、バスに乗ったりして、休みのたびに出かけたものだ。九月十七日に行ったのが、その年最後の海だった。総勢十一名が参加し、その年いちばん、にぎやかな海になった。

快晴だったが、海の水はもうずいぶん冷たかった。北海道だもの、泳げないのは承知の上だ。でも、裸足で波打ち際を歩くくらいはできた。参加者のなかに、カメラが趣味の男性がいて、その人がたくさん写真を撮ってくれた。

おもちさんは木綿のチルデンセーターに紺色のスラックスを合わせていた。Ｖの字に開いた胸元がちょっとさみしかったので、模造真珠の短いネックレスをつけた。髪型はパーマをかけたショートスタイル。前髪は真んなか分けにして、頭頂部にふくらみを持たせた。デパートガールになって二年目。弓形に眉を整え、アイラインを目尻で跳ねさせていた。

　おもちさんは十年近くお茶屋さんで働いていた。小母ちゃんと呼んでいた経営者が歳を取り、いくつかの納入先を残して店をたたむというので、転職したのだった。月にいっぺんは帳簿を見に行ってあげる約束をしていた。

　小母ちゃんは七十と八十のあいだの歳だった。真っ黒に染めた髪をいつもきれいに結っていて、薄いからだに地味な細縞の着物がよく似合っていた。タバコのみ特有の低いしゃがれ声で、話すとムックリみたいな不思議な振動が伝わってきた。歳のわりには皺が少なく、色が白く、生米みたいに透き通った肌つきをしていた。ほとんど外に出ないのと、お水がわりにお煎茶を飲むからだよと小母ちゃんは言っていた。

　さる名士のおめかけさんで、彼に店を持たせてもらったらしい。月々の生活費も用立ててもらっていて、毎月、使いの人がお金を持ってきた。小母ちゃんはそうやって母親の面倒をみたのだが、母親が死に、旦那が死に、独りぼっちになった。

　近頃では訪ねてくる人も少なくなったようだ。おもちさんが「ごめんください」と玄関を開けると、「え？」とけげんそうな声を出し、薄暗いところから白い顔を半分覗かせる。おもちさんだと分かると笑みを広げ、「おもっちゃん、よく来てくれたネェ、おもっちゃん。サァサお上がり」と細い腕を伸ばしておもちさんの手を引っ張った。お茶はもちろん、出前を取ってくれ、甘いものも出してくれる。そしておもちさんが帰る段になると「小母ちゃんはネ、もう、おもっちゃんしか頼る人がいないのサァ」と少し泣いて、お小遣いを握らせるのだった。

おもちさんは、そんな小母ちゃんがちょっとだけうざったかった。小母ちゃんに会うと、自分の若さとか未来とか希望とか、そういういきいきと輝くものがチューチュー吸い取られるような気がした。心のなかでは小母ちゃん批判もしていた。悲観的なことばかり言ってないで、も少し前向きになればいいのにとか、なんで友だちをつくろうとしないんだろうとか、毎回、毎回、おんなじこと言ってよく飽きないものだとか。

もちろん小母ちゃんにはお世話になった。帳簿のつけ方を税理士さんに習わせてくれたし、お茶のいれ方やお客さまへの出し方も教えてもらった。月に一度の訪問は当然のご恩返しだ。少し前のおもちさんなら疑いもなくそう思っただろう。もしかしたら、たとえ心のなかですら小母ちゃんに意見などしなかったかもしれない。

デパートガールになった今では、貴重な休日を小母ちゃんに分けてあげているような気がしてならなかった。ほんとうなら同僚と映画に行ったり、縫い物しながらダベッたりする休日を小母ちゃん相手に過ごしてあげるのは、ひとえに自分の人のよさだと思った。その「人のよさ」が時代遅れのような感じが少しだけあった。

それくらい、デパートガールの日々は楽しかった。

小母ちゃんのところにいたときよりお給料もよくなったし、割引で着物や洋服が買える。

給料がよくなったといっても、若い娘の手にする額など知れたものだし、家にお金を入れないとならない。おもちさんにはまだ学校に通っている弟妹たちがいた。上の姉ちゃんふたりがお嫁にいったので、おもちさんは一家の働き手のひとりになっていた。だから欲しいものがなんでも買えるわけではない。でも、買おうと思ったら割引で買える、というのがとてもよかった。

　小母ちゃんの店では従業員はおもちさんひとりだった。近所のお菓子屋さんや紙屋さんの売り子たちとは顔を合わせたら立ち話をする程度だった。ところが、デパートで働き出したら、同年輩の友だちがたくさんできた。みんなおしゃれで、お化粧上手。あんなふうになりたくて、お小遣いをやりくりし、みんなと同じものをひとつずつ揃えていった。

　同僚とは、なんということもなく連れ立って歩いたものだ。カツカツと鳴るパンプス。肘にかけた一本手のハンドバッグ。白玉みたいなイヤリングを触りながら、「いやンなっちゃう、ナントカさんってしつこいの」とモーションをかけてきた男性の話をしたりした。

　おもちさんはデパートガールになってから都合三人の男性にモーションをかけられた。手紙、人づて、直接。三者三様の方法でそれらしいことを言われたのだが、すべて、即座に断った。

　おもちさんには、それとなく心に決めた人があったのだった。いや、生熟(なまな)れの夢を抱いていたといったほうがいいかもしれない。とにかく、ある男性の姿がおもちさんの胸のあたたかなところにひっそり住んでいた。
どこのだれとも知らない人だ。丸刈りに近い短髪で、たくましい腕を高く組み、ワッハッハと笑っている。眉は濃く、二重まぶたのぱっちりした目で、ちょっとだけ団子っ鼻。丈夫そうな歯を覗かせた口がきもちよく大きい。首が太くて、分厚い肩がモリッとしている。おもちさんはその人を写真でしか知らない。

お茶屋さんで働いていたときの夏、小母ちゃんに言われてお祭りの寄付金を町内会長さんのお宅に届けて帰ってきた。

お茶屋さんの入り口はガラスの引き戸だ。店内には木枠のショーケースが置いてあった。入り口付近にはショーケースの上にさらにタバコの入ったショーケースが載っていた。公衆電話と大きなキューピー人形もそのへんに載っていた。

いつものおもちさんはキューピーさんを見ながら「ただいま戻りました」とガラスの引き戸を開けるのだが、その日は、なぜか、足元に目がいった。すると、ガラッと開けた引き戸の溝にちいさな写真が風に吹き上げられて載ったのだった。

思わず拾い上げ、あたりを見回した。探している人はいなそうだ。なんの気なしにワンピースのポケットにしまった。白いショール襟（えり）の、紺色の地に白いトンボが飛び交う模様の膝丈のワンピースだ。二番目の姉ちゃんに教わって、おもちさんが縫った。

トンボは勝ち虫といって、前進飛行しかしないから縁起がよいと生地（きじ）屋の小父（おじ）ちゃんが言っていた。まるきり信じたわけではなかったけれど、袖を通すたび、なにかいいことがありそう、と思ってはいた。その矢先に拾った写真である。写っていたのは腕白小僧が大きくなったような青年で、なかなかの男ぶりだ。

家に帰って帽子の箱にしまった。

いちばん上の姉ちゃんにもらった「シャポーとらや」の円い箱は、おもちさんのコレクションボックスだった。おもちさんは少女の頃から飴の包み紙を収集していた。家族や友だちも協力してくれ、きれいな紙、珍しい柄があれば、届けてくれた。おもちさんは、どの包み紙も丹念に皺を伸ばし、一枚ずつ箱に入れていった。

箱は、もう、いっぱいだった。色とりどりのセロファンや、銀紙や、タフィーを包んでいたツルッとした紙がフカフカとかさなっている。その上で、たくましい腕を高く組んだ青年がワッハッハと笑っているのだった。フタを開けるたび、おもちさんはドキッとした。そしてトトト……と脈が速くなる。

その頃、おもちさんの目方は十四貫もあった。背丈は五尺に足りないほどで、肥えてはいたが若かったからパーンと張り切った皮膚だった。まーよく身が入ってること。小母ちゃんはたびたびおもちさんの二の腕を揉みしだくようにした。懐かしそうな目でおもちさんを見て、今のうち、今のうち、とおまじないのようにつぶやき、合図を送るように微笑した。

なぜだか自然と痩せていき、デパートガール二年目には十一貫になっていた。まるまるとふくらんでいた頬がそげ、輪郭がすっきりとした。ウエストと足首がきゅっと締まり、お尻のかたちもよくなった。そんなからだつきでその年最後の海に繰り出したのだった。
お弁当を味見し合ったり、上司や同僚の噂話を持ち寄ったりして、まぁよく笑った。だれかがオンボロ空き家を見つけてきたのがハイライトで、その家の前で面白がって写真を撮った。煙たなびくとまやこそ、とひとりが歌い出し、合唱になった。お調子者が棒切れをタクトに見立てて振り回し、みんなで「松原遠く消ゆるところ」とか「青い月夜の浜辺には」と歌った。「荒城の月」も「庭の千草」も歌った。

翌月の十月、おもちさんはデパートを退職することになっていた。三月にお見合いした人と、十一月に結婚するのである。

「決め手はなに?」と仲よしたちに問い質されたが、上手に答えられなかった。おもちさんにもよく分からなかった。夫になる人は、写真の彼とはまるで違っていた。実直だけが取り柄のような人物で、話をしていてもそんなにドキドキしなかった。だけどもその人は、おもちさんだけを見ているようだった。ちょっとの仕草も見逃さず、快さげに目を細めた。

この人と一緒になるんだろうなあ。

初めて会ったとき、おもちさんはそう思った。

そして、その通りになった。

うまく言えないのだが、それだけのことのような気がする。

「シャポーとらや」の円い箱は嫁入り道具のひとつとして持ってきた。捨ててはいないはずなのだが、どこにあるのかは忘れてしまった。

*

――ここのご飯は病院よりもモリがよく、たいそう美味しゅうございまして、少し太ってしまいました。今朝の目方は四二キログラム。糖尿病は痩せる病気と申します。私も、一時は三六キログラムでしたが、ここのご飯は病院よりもモリがよく、たいそう美味しゅうございまして、今朝の目方は四二キログラムでした。このくらいがちょうどよいと思います。

今朝、ラジオ体操の時間の前、おもちさんは思い立って四月に受け取ったお手紙を数えた。二十三通あった。おもちさんからはもっと出している。一通のお返事に二通書くこともあるし、お返事が来る前に書いて送りたい出来事が起こったりするからだ。

お手紙のやりとりをするうちに、おもちさんのなかに定着したものがあった。まず夢てまりの住所。悪い風邪の名称はコロナ、新型コロナウイルス。持病は糖尿病。

お手紙を書いているときのほうが、普段のおもちさんよりシッカリしているようなのは奇妙である。口からだとなかなか出てこない単語や事柄が、万年筆からはサラサラとこぼれる。

ことに持病。糖尿病。頭のなかでは、ポヤポヤと漂う綿毛を捉えようとする感触しかないのに、いっちょう万年筆を握るとなると、「糖尿病なので喉が渇いてかないません」とか「甘いオヤツや旬の果物、食べてはいけないものほど食べたくなるのは糖尿病の仕業です。ナニクソ負けてたまるか。誘惑に負けないこと、我慢することが私の闘病なのです」と書けてしまうのだった。

　お手紙は一階のポストに届く。それを職員さんがおもちさんの部屋まで届けてくれる。おもちさんがお手紙を出す場合はその逆だ。職員さんにわたし、投函してもらう。

　夢てまりでは新参者のおもちさんだが、お手紙を出す数、もらう数でダントツナンバーワンに躍り出た。ゲーム大会でも名を馳せていて、脳トレクイズ漢字編では負け知らずだし、風船バレーボールでは前衛として大活躍、チームを勝利に導いた。本場所中は大相撲を観ながら晩ごはんを食べるのだが、おもちさんが来るまでは静かなものだったらしい。時にごはんを食べるのを忘れて取組に夢中になるおもちさんを皆面白がり、今では「ガンバレ、ガンバレ」とお相撲さんに声援を送るおもちさんを「ガンバレ、ガンバレ」と応援するようになった。

　と、このように、楽しいことを選んで、おもちさんは手紙に書く。嫌だったこと、面白くなかったこと、恥ずかしかったことは書かない。フミ子さんが横流しをしてくれるカリントウやどら焼きをドンドン食べて職員さんにだいぶキツく注意されたことも、職員さんの目をかいくぐりスルッと外に出、可憐な野の花を摘んでいるところを見つかって、大目玉をくらったことも、おもちさんひとりの胸におさめている。

不安を吐露することはあった。「コロナ、コロナで耳にタコ」とはいうものの、やっぱりコロナは怖かった。

――北海道は死者が増えているそうで、まだまだ油断なりません。私も此処二～三日の体温が定まらず、係の方が少しばかり気にかけてくれています。朝の体温が少し低く、オロナミンCを飲ませられ、落ち着いたところではあります。

このあいだ、そう娘に書き送ったら、昨日、こんな返事がきた。

――お母さんが、毎日、係の方に測ってもらっているのは、血糖値だと思います。それとも今は体温も測ってもらっているのかな？　いずれにせよ、オロナミンCを飲ませられたのは、低血糖だからかと。血糖値をカッと上げる処置かと。それはそれで心配ですが、係の方が気にかけてくださっているとのこと、ありがたく、また、心強いです。お母さんも決して無理せず、ちょっとでもからだのどこかが「ヘンだな」と思ったら職員さんにそう言ってくださいね。お母さんはよく「気の毒かけるから」と我慢しますが、ひとつも遠慮することはないですよ。ずっと前にうちで猫を飼っていたでしょう？　黒猫のクロちゃん。クロちゃんの具合が悪くなったとき、わたしたちは切なくて、「ああ、クロちゃんが、どこがどう痛いのか言ってくれたら」と言い合いましたよね。お母さんはちゃんと言ってくださいね。

娘の丸っこい文字を読み、おもちさんはマァマァ満足した。自分の母親と猫を同じに扱う娘の感覚はどうかと思ったが、クロちゃんほどかわいい猫はいなかったし、家族みたいな存在だったから、ヨシとした。全体を通して、娘がおもちさんのことを案じてくれているのが伝わってきて、それが嬉しい。

最近、オロナミンCを飲ませられる機会が増えてきた。飲んで、少し経つと、今のところはシャッキリする。でも、今後は分からない。オロナミンCを飲んでも起き上がれなくなるかもしれない。怖い。

四、五十年も前、こどもを連れて東京に住んでいるいちばん上の姉ちゃんを訪ねたことがあった。

そのとき初めて東京タワーに登った。下界を見下ろし、足がすくんだ。怖かったのに、眼下に広がる消しゴムよりもちいさな街並みのなかにエイッと身を投げ出したい衝動に駆られた。あのとき握っていた手すりの感触を思い出す。金気の冷たさが、手のひらにかいた汗などもろともせず、ぐんぐん浸透してくるようだった。

どうせ怖いのなら、いっそ怖さのなかに飛び込んでしまえと思ったのかもしれない。だったとしても妙な話だ。こどもはふたりとも小学生。まだまだ手がかかり、置いてなどいけない。暮らし向きはまあまあだったし、夫婦仲も悪くなかった。不満がひとつもないと言えば嘘になるけど、この世を儚むほどではなかった。

若かったのかもしれないナァ、と思う。今ならたぶん身投げしようなんてツユとも思わないだろう。ただただ、もうもう、おっかない。これ以上おっかないことが増えるのはモーたくさんで、目下のところ、オロナミンCがおもちさんの命綱だった。

切らすわけにはいかない、と、ここまでは昨日の夜寝る前に考えた。夜通しオロナミンCのことを考え、明け方、在庫が気になり出した。おもちさん専用のオロナミンCは、トモちゃんに買ってきてもらって、職員さんに預けているのだ。こうしてはおられぬというふうにトモちゃんにお手紙を書き始める。オロナミンCを買って来てもらわないば！

お手紙を書き上げたら、お昼ごはんの時間だった。職員さんにお手紙の投函を頼み、お昼ごはんを食べ、みんなと語らっていたら、荷物が届いた。丸テーブルにトン。職員さんが置いてくれたのは、娘からおもちさんへの宅配便だった。

「エーッ」

おもちさんは特大のニコニコ顔で驚いた。

「昨日、お手紙貰ったばっかりなんだよネー。荷物送るなんてヒトッコトも書いてなかったのにサァ」

ガムテープの貼り付いた紙袋の口を開ける。紙袋はおもちさんのそばガラの枕くらいの大きさだった。それより一回りちいさな四角い箱が出てくる。こちらは半紙入れほどの大きさで、ごく軽い。そこに大きめの金ピカの袋と、ちいさな青い袋と、お手紙が入っていた。

　みんなが見守るなか、おもちさんはまず金ピカの袋を開けた。白いブラウスが入っていた。厚手の木綿の、立ち襟の、半袖の。肩から胸にかけて濃いピンクの花の刺繍が入っている。顔映りのよさそうな夏のブラウスだった。さっそく広げて、合わせてみる。丸テーブルについた面々、そばに立つ職員さんにもよく見えるようにして、写真に撮られるような表情をつくる。口々に誉められ、肩をすくめてエヘヘと笑い、次はちいさな青い袋のほう。

　口紅が三本も入っていた。それで思い出した。このあいだの手紙で、口紅がなくなりそうだと書いたんだっけ。


――素晴らしい母の日でした。まずあなたから電報が届きました。ただの電報じゃありません。なんと、真紅の薔薇の入った宝石箱のオルゴール！　あなたという人は、私の喜ぶものをよくわかってくれていて、私はいつも驚かされ、感動させられます。ありがとネ。

　それがお昼前の出来事でした。午後はトモちゃんと隆弘が来てくれました。こちらも真紅の薔薇の花束！　それとお小遣い一万円！　職員さんに、いいお子さんたちですねとお誉めの言葉を頂戴して、私の低い鼻がグーンと高くなりました。仲間たちとは、オルゴールも花束も嬉しいけれど、やっぱり現金が一番ヨネと話しました。

　ところで、口紅がなくなりそうです。口紅は、閉じ込められた生活での、私の唯一の華やぎです。紅をさすと、こんなおバアさんの顔もぱあっと明るくなるのです。でも買いに行くことができません。お時間のあるときで結構ですので、今つけてるのと同じ色のをお願いします。注・私が今つけているのは、去年の秋に、あなたが大丸で買ってくれたものです。

　頼んだおもちさんが忘れていても、娘はちゃんと覚えていて超特急で送ってくれて、ありがたい。それだけでなく、おもちさんが喜びそうな品を見繕って一緒に送ってくれるあたり、クーッ憎いネ、コノって感じだ。

　おもちさんは、みんなに娘からの手紙を読んであげた。「都心に出るのはちょっと怖いので、近所の大型スーパーで買いました」のくだりでは、「アー東京はコロナがすごいっていうからネェ」、「今、東京が危険なのかい？」、「ヤー、もー、日本中、いや世界中サァ」、「どうなるんだろうネェ」とざわつき、「口紅を買いに行ったら、お母さんに似合いそうなブラウスが目にとまり」のくだりでは、皆ちょっとずつおもちさんのブラウスに触りながら「いい生地だネェ」、「縫製もシッカリしてるワ」、「ボタンがちょっと固いようだね」、「そんなのスグやわくなるって」とガヤガヤと言い合った。

　おもちさんはいったん荷物を置きに自室に戻った。一階に下り、ラジオ体操、合唱のあと、自室のある三階に上がり、廊下十周ウォーキングを自主的におこなった。丁寧にいれた美味しいお茶を飲みながら娘にお礼状を書き、娘からブラウスを貰った自慢をする手紙を友だちに書いた。

夕ごはんをすませ、しばし団欒し、「おやすみなさい」と挨拶し合って、部屋に下がる。ほっと息をついた。明日の朝、目覚めるまでは自由時間だ。この時間帯が、実にまったくフリータイムという感じがする。

「サァーテと」

いっちょやりますか、というふうな声を発し、テーブルに置いていた箱を手に取る。娘が送ってきたブラウスの入っていた箱だ。半紙入れくらいの大きさ。紺色の布目紙が張ってある。しごくシックで、おもちさんはひと目見たときから、お手紙グッズ入れにちょうどいいと思った。しかも、寸法が、テレビを載せてあるローボードの中央の引き出しの右の隙間に絶対ピッタシのはず。というわけで、まず、箱をそこに収めてみた。

「ホレ見てごらん！」

思った通り、ピッタシだった。あとは住所録、便箋封筒、ハガキに切手、それからシールを箱にキチッと詰め込むだけ。今まではバラバラの箱や袋に入れていた。それぞれ整然と収まっていたけれど、できればひとつにまとめたいと、いつも、なんとなく思っていたのだった。

テーブルに向かってお手紙グッズを入れ替える作業をした。つけっぱなしのテレビからは若い人たちのお喋りが聞こえてくる。囀るような早口がおもちさんの耳を通過する。時折けたたましい笑い声が入ってきて、ビクッとする。

「そうだ」

入れ替え途中の箱を手に、おもちさんはテレビの下のローボードに近づいた。中央の引き出しの右の隙間にちょうどいいと思ったが、右の扉付きの引き出しのほうがいいような気がしてきたのだ。考えてみれば、切手もハガキもお金と同じ。扉一枚ぶんではあるものの、厳重にしまいたくなったのだった。

「アー、そうだったたネェ」

そこには帳面が立て掛けてあった。夢てまりへの引っ越しを仕切った娘が、きっと、おもちさんにとって大事なものと思って選んで運び入れた七冊だ。「家計簿」、「五年連用日記」、「たんす、おべんと、クリスマス」、「か　き　も　ち」、「いただいたもの、さしあげたもの」、「歌のアルバム」、「勇さんの記」。

上部に余白があるので載せようと思えば載せられる。でも、帳面の上に箱を載せるのは、なんとなく気が進まない。自分で書いたとはいえ文字で埋まった帳面は、おもちさんのなかでは本と同格の扱いになるのだった。

「ピッタシはピッタシなんだけどネェ」

寸法が合い、上部に隙間があることが、おもちさんに踏ん切りをつけさせかねた。どっちつかずのきもちで、箱を床に置き、帳面をあらためる。一冊ずつ手に取り、パラパラとページをめくった。「家計簿」と「五年連用日記」は毎日の記録。「か　き　も　ち」は心にとどめたい事柄をエッセイふうに書いたもの。「いただいたもの、さしあげたもの」は贈答品、お祝い金、お香典の記録で「歌のアルバム」はカラオケ部で歌った曲目、「勇さんの記」は介護日記のつもりで書いた。

「これがネェ……」

「たんす、おべんと、クリスマス」と書いてある表紙を見つめた。わりあい新しい帳面である。いつのまにか所持していた。なにを書こうとしたものなのか思い出せない。しばらくなかを見ることもしなかったので、なにが書いてあるのかも知らない。

うっすらと「まだいい」というか、「そのうちに」というか、簡単に言うとそういう先延ばししたい手触りがあって、うっちゃっていたのだった。うっちゃっているうちに、ないことにならないかナァというふうな、そんな気乗りしない感じがあった。

ページをめくると、メモ紙が何枚も落ちてきた。ただ挟んでいただけだったようだ。チラシの裏、日めくりの裏、便箋やこどもたちの原稿用紙の反故紙（ほごがみ）。さまざまな種類の紙に走り書きしてあった。拾い上げて、読んでみる。

――病院から呼ばれて全員で行く。腹水がたまって、ごはん食べられない。個室。こうがんざい投与できない。転移している。胸の骨。もうダメだとわかった。がんばった。

――七時に帰ったら倒れてた。うつぶせ。洋子（ようこ）が会社に行ってすぐ、九時間そのままで、鼻、曲がって。かわいそう、かわいそう。花江（はなえ）と連絡取れない。出張。洋子泣きじゃくる。

――上野さん、かんしき課。鉄道自殺。所持金三十二えん。入場券百二十えんの。飲酒。遺書なし。葬儀屋冷蔵庫。無縁仏。引き取りに来ない人たくさんいる。

きょうだいの訃報を受けた際に書いたものだった。左手で受話器を握りしめ、ボールペンを走らせた記憶がよみがえる。姪の声、警察官の声も明確に再生された。家の電話は居間のストーブの横にあった。花梨の引き出し付き電話台に載せていた。受話器を耳にあてると、焦げ茶色の木目の壁が目と鼻の先で、おもちさんのまなこはその木目と手元のメモ紙を忙しく行ったり来たりした。

でも、なんで？

なんで、この帳面にこんなメモ紙が挟まってるのかナァ。

*

アーいいにおい。煮付けのにおい。オサケ、オサトー、オショーユ、ミリン。お鍋のなかでプクプク煮立つ絵が浮かぶ。娘が子和えを作っている。真鱈の子とつきこんにゃくを煮付けたもので、おもちさんも娘も大好きなおかずだ。娘はホッケのすり身も買ってきた。おつゆの実にするんだとウキウキしていた。どちらも東京のほうでは滅多に売ってないらしい。

娘が台所で夕ごはんの支度をしているあいだ、おもちさんは初場所を観ていた。ソファに上がって足を投げ出し、肘掛けと背もたれの交わる角に背中をくっつけて、東西力士のかならずどちらかを応援するのがおもちさんの観戦スタイルだった。

勝負事はどちらかに加勢して観ないと面白くない、というのがおもちさんの持論で、お相撲なら、贔屓力士、道産子力士、その場所勢いのある力士、綱獲り、大関獲りがかかっている力士の順に声援を送る。それ以外の取組では格下のほうに加勢した。

たまに「どっちもガンバレ」という取組があった。そんなときは、からだがふたつに裂けそうになり、言葉数が極端に少なくなる。緊張感がみなぎるからだ。立ち合いのあいだ、何度も大きく息をする。行司の「時間です！」で心臓のあたりがきゅっとなり、「あ、あ、あ」と顎を先にして身を乗り出し、「あああっ」と悲鳴のような大声を出す。どちらが勝っても爆発的に嬉しく、また爆発的に悔しい。ひっくるめて「アー面白かった！」になるのだった。

平成三十年初場所は七日目を迎えていた。おもちさんの観戦態度はいつもの場所に比べ、幾分おとなしかった。前日、稀勢の里が休場を発表した。おもちさんはここ数年稀勢の里を贔屓にしていた。「キセ」を中心に大相撲を観ていたので、ほんの少し気が抜けていたのだ。

とはいえ、結びの一番で横綱・鶴竜と、平幕の栃ノ心の全勝同士があいまみえ、鶴竜が栃ノ心に土をつけた瞬間、思いがけないほど残念なきもちになり、「チャーッ」と大きな声が出た。よーし、明日から栃ノ心を応援しちゃる、と決心したところで、娘が「ごはんにするかい？」と声をかけてきた。

「うん！」

ヤー栃ノ心負けたワ、とソファから足を下ろし、テーブルを拭く。おもちさんの家では、昔から食事は居間のセンターテーブルでとっていた。食卓セットもあるのだが、そこからだとテレビが観づらいのだ。

娘が晩ごはんを運んできた。あんかけドーフ、玉ねぎとキノコの炒めたの、子和え、サラダ、ホッケのすり身とネギのおつゆ。それとレンジでチンしたほかほかご飯。

「ヤーこんなに食べれるかネェ」

おもちさんが早くもお腹いっぱいというような笑顔で箸を取る。

「食べられなかったら残しなよ」

娘はおもちさんの向かい側にいた。この家を建てて、引っ越してきたときから、そこが娘の席だった。敷物にじかに座ってセンターテーブルをお膳にするのだ。

「ヤ、がんばるヨー。せっかくつくってくれたんだからネェ」

「そんながんばんなくていいよ」

「なーんもがんばってないって」

「んー、なに言ってんのかなー」

あはは、と笑い合うまでの食事前のやりとりは、半ば恒例となっていた。しばしパクパク食べてから、「もーお腹いっぱいだけどがんばる」というおもちさんの発言を起点にして再現されるのも恒例化していた。

娘は初場所初日にやってきた。遅めのお正月帰省ではない。娘は航空券代がどうの、予約がどうの、人混みがどうのと言って、お盆や年末年始の、いわゆる帰省シーズンには帰ってこない。だいたいいつも、おもちさんからしてみれば、ちょっとへんな時期にフラッとやってくる。今回はおもちさんのようすを見に来たようだ。

その前年の末、勇さんが特養に入所し、おもちさんは満八十二歳にして初めての独り暮らしとなった。夫を特養に放り込んでしまったような罪悪感と、もう少し自宅介護をつづけられたのではないかという後悔と、夫が特養に入る資格があるほど衰えてしまった悲しさと、自分以外にだれもいない家で暮らすさみしさがこんがらかって、なにかというと泣いていた。

トモちゃんがよく顔を見に来てくれた。優しい言葉をかけられて、おもちさんはなんぼでも泣かさった。

娘は一日二度、お電話をしてくれるようになった。なんてことのない話をしていると、情けをかけてもらっているありがたさが突き上げてウッと声がつまり、そしたらピューッと涙が出た。

一ヶ月ほどかけて、落ち着いた。もう急に泣いたりしない。でも、いつも、ほんのちょっとだけがんばっている感じがする。この「感じ」は、歳を取れば取るほど厚みを増して、おもちさんにまとわりついた。起きること、起き上がること、着替えること、歩くこと、いちいち全部、ほんのちょっとだけがんばっている感じがする。美味しいときも、楽しいときも、嬉しいときも、からだのなかのどこかで、なにかを、ほんのちょっとがんばっているのだった。

「お父さんが吉田さんからホッケを貰ってサ」

「吉田さん？」

「ホレ、余市の」

「あー漁師さん」

「ン、お父さんが吉田さんから貰ったホッケですり身つくってサァ。煮付けたり、おつゆにしたりして、美味しかったよネェ」

「うんうん、お父さんのすり身はホント美味しかったよね」

　このネギの切り方はお父さんを真似したんだよ、と娘は斜めに太く切った長ネギを箸で持ち上げておもちさんに見せた。

「そうそ、その切り方！」

　おもちさんは実に愉快そうに笑い、言った。

「もっと旨いすり身ばつくりてぇって、お父さん、お小遣いでキカイ買ったもね」

「フードプロセッサーね、テレビショッピングでね」

そんな話をして、晩ごはんをたいらげた。

「アーお腹いっぱいだヨー」

苦しいヨーとお腹をさすると、娘は、だから言わんこっちゃないというふうな目でおもちさんを見た。黙って食器を下げ、洗い始める。おもちさんはソファの背に両肘と顎を載せ、台所に立つ娘の横姿に声をかけた。

「ごはん食べて、苦しい、苦しいって言うのはあたしのクセで、アーしあわせってことなのサァ」

「へんな癖だねぇ」

手を動かしながら娘が応じた。おもちさんは淡く笑ったあと、テレビに向き直り、声を張り上げた。

「明日、何時サ？」

「二時の飛行機。お昼前には家を出るよ」

「フゥーン」

おもちさんは唇をちょっと尖らせた。尖らせ、横に引っ張るちいさな運動を繰り返す。

娘は明日、帰るのだった。

「お世話になったネェ」

怒鳴るように言った。

「雪かきしてくれて、おさんどんしてくれて、病院にも付いてきてくれて、大した助かったワ」

　ありがとう、とテレビに向かって頭を下げた。

「なんもさ。普段、なんにもできないし」

　娘の声がわりとはっきりと聞こえる。娘はたぶん口を大きく開けて話をしている。

「マーこっちはこっちで、あんたのいるあいだ、二階のあんたの部屋のストーブ代がバカにならないからネェ」

　と言うと、娘はゲラゲラ笑って、「電気代置いてくから」と居間に戻ってきた。自分の席に着き、センターテーブルに肘をつく。

「美味しーいお茶をいれてさしあげますかネ」

　ではでは、というふうにおもちさんは立ち上がり、背の高い茶だんすから上等の煎茶碗を取り出した。白地にめんこい、めんこい、手鞠の模様。おもちさんの一等気に入っている煎茶碗だった。

　特別、きもちを込めて、お茶をいれ、ふたりで飲んだ。娘の手みやげの虎屋の羊羹も切って出す。娘の手みやげはいつも虎屋の羊羹と文明堂のカステラだった。今回は勇さんの特養の職員さんにと凮月堂のゴーフレットも持ってきた。

「あー、美味しい。こんなにゆっくりお煎茶飲むのはここにいるときくらいだよ」

「エッ、あんた、家でお茶飲まないの？」

「ほとんどカフェオレ。コーヒーに牛乳入れたやつ。ミルクコーヒー」と娘は答え、おもちさんが「カフェオレくらい分かるって」とさりげなく苦情を言ったら、「あ、そうだ」と席を立った。ドタバタと二階に上がり、またドタバタと下りてきて、「ハイ、これ」と帳面をおもちさんに差し出した。くれるというのだから、おもちさんは反射的に手を伸ばし、すんなり受け取った。

「帳面かい？」

ややちいさめの大学ノートだった。なんの変哲もなさそうだ。娘が表紙をひらき、その裏に書いてある説明文の一部を指差し、読み上げた。

「一万年以上永久保存が利く中性紙フールスです」

すごいっしょ、一万年も保(も)つ紙のノートなんだよ、と目をきらめかして、おもちさんの隣に腰を下ろした。

「ヒャァー」

一万年かい、とおもちさんは表紙を返して、よく見てみた。飾り縁がなんとも素敵だ。「NOTE BOOK」と書いてあって、その書体もどことなくハイカラである。

「すごーく書きやすいんだよ」

娘は、まるでこの帳面の製作者のように自慢した。

「ほら、お母さん、書くの好きでしょ、『か　き　も　ち』とかさ」

「ウンウン」

「一万年の紙のノートで書いたらどうかなと思って」

「ヤーそんな」

　おもちさんは身をよじった。照れくさくってかなわない。自分の書いた滑った転んだが一万年も残るなんて。まぶたの裏に、昔中国に旅行したときに見た兵馬俑（へいばよう）が浮かんだ。地下宮殿に整列していた夥（おびただ）しい数の兵隊さん人形。あの人形たちは、眠る皇帝を何年くらい守っているのだろうか。一万年も経ったのだろうか。

「で」

　娘の声に、おもちさんはハッとしたきもちになった。一万年という時間の長さにぽうっとしていたようだ。

「このノートに、お母さんの自伝を書いたらどうかなーと思って」

「じでん？」

「あ、いや、自分史？　生まれたときから今までの思い出深い出来事をね、思いつくまま書いてみてはいかがかと」

「ンー？」

　おもちさんは首をかしげた。記録したり、心に残ったことを書き留めておくのは大好きで、よく帳面をひらいている。娘は、そんなおもちさんを「書いてる、書いてる」と冷やかしたり、「書くよねー」と笑ったりしていた。だのになぜ急に自伝を書けと言い出したのか。

「いや、わたし、よく考えたら、お母さんのことよく知らないし」

お母さんだけじゃなく、お父さんもなんだけど、と娘はかすかに笑った。さぁ冗談を言いますよ、という表情に変えていく。

「お葬式ってさ、個人の略歴を紹介するコーナーあるじゃん。わたし、お父さんとお母さんの略歴とかハッキリ分かんないし」

「アーそういうのはネ、葬儀場の人がうまーいことまとめてくれるから心配いらないんだワ、それよりサァ」

あたし、言ったかい？　遺影のこと、とおもちさんは声をひそめた。遺影はもう決めていた。自分のぶんと勇さんのぶん、両ほうだ。

「聞いた、聞いた。お父さんはチェックのシャツ着てるヤツで、お母さんは藤色の着物着てるヤツでしょ」

娘が笑いながら答える。おもちさんもなぜかニヤニヤして「あーよかった」などと応じた。それからお葬式の話になった。おもちさんはお隣の奥さんと一緒に、ある葬儀社の会員になったと娘に教えた。ソファを立ち、押し入れから会員証とパンフレットを出してきて娘に見せた。

「うわー、お葬式って選ぶことがイッパイあるんだねぇ」

娘は驚いたようだった。

「棺桶（かんおけ）も選択かぁ。ほら、お母さん、棺桶。桐（きり）、檜（ひのき）、樅（もみ）から選ぶんだって。どれがいい？」

と訊きながら噴き出した。

「桐、檜、樅だから、たんす、おべんと箱、クリスマスツリーだ」

そう言って、ソファの背もたれに寄っかかり、カラカラと笑いこける。

「棺桶だけど、たんす、おべんと、クリスマス」

おもちさんもからだを折って笑った。なんだかいやに可笑(おか)しかった。

「わたしは樅の木だな。棺桶に入ったらクリスマスのにおいがするって、けっこういいじゃん」

笑いを引っ込め、娘が言った。「そのときはもうにおい分かんないけど」とあっさりと付け加える。

「あたしはネェ」

おもちさんは頰に笑みを浮かべたまま、娘に告げた。

「あんたに任せるワ」

*

帳面類を元通りにしまい、お手紙グッズを入れた箱をテレビの下のローボードの中央の引き出しの右の隙間に安置した。住所録は箱に入れるとフタが浮くので入れずに箱の上に載せた。これでお手紙を書きたくなったら、サッと一式取り出せる。

「サッ」
試しに取り出してみる。そのままテーブルに運び、椅子に腰を下ろした。娘にお手紙を書き始める。お礼状は夕方書いて、職員さんに投函をお願いしたけれど、空き箱を上手に再利用した報告もしておきたい。

便箋一枚で用が足りたが、一枚では愛想がないので、めくって、二枚目に取りかかった。

――夕食の終わり頃、私達の談話室の窓にそれは大きな落日が現れました。だいだい色の空に金色の太陽が湯船につかっていくようにゆっくり落ちていきました。あまりの大きさ、美しさに年寄りたちはみんな驚き、ウロウロしました。普段は無口な車椅子のオジイさんが、目をトロッとさせて「こんなデッカイ夕日は生まれて初めてだ」と言いました。よっぽど感動したのだと思います。私も感動しちゃったヨ。あんなに大きいのは初めて見ました。

では、このへんで筆をおきます。ご機嫌よろしゅうございます、と結び、おもちさんは便箋をたたんだ。封筒の表に娘の住所と名前を書き、裏返して自分の住所と名前を書いた。スティックのりで封をし、封緘印（ふうかんいん）のようにマルを描いた。なかに「大きな　落日」と二行で書く。今、おもちさんは封緘印代わりにちょっとした一言を書くのに凝っていて、「五月の　薔薇」とか「おおブレネリ　おうちはどこ」とか書いていた。この言葉を考えるのが楽しい。

　切手を貼って、いっちょうあがりだ。切手を選ぶのもまた楽しい。娘が定期的に記念切手を送ってくれる。とっておきのお相撲さんの切手を使おうか、一円、五円、十円の半端な切手をたくさん貼ろうか少し迷って、お相撲さんのにした。明日の朝、職員さんにわたして投函してもらおう。あくびがひとつ出て、伸びをひとつした。テレビを消して、ベッドに入る。ご機嫌よろしゅうございます。おやすみなさい。今日も幸せ者でした。ありがとネ。

初出

たんす、おべんと、クリスマス　「小説現代」二〇一八年五月号
コスモス、虎の子、仲よしさん　書下ろし
口紅、コート、ユニクロの細いズボン　「小説宝石」二〇一九年一〇月号
煤（すす）、まぶた、おもちの部屋　「小説宝石」二〇二〇年一月号
お手紙、不良、赤い絨毯（じゅうたん）　「小説宝石」二〇二〇年一〇月号
テレビ、プリン、オートバイ　「小説宝石」二〇二〇年一一月号
目方、寸法、帳面　「小説宝石」二〇二〇年一二月号

朝倉かすみ（あさくら・かすみ）

1960年北海道生まれ。2003年「コマドリさんのこと」で北海道新聞文学賞、2004年「肝、焼ける」で小説現代新人賞を受賞しデビュー。2009年『田村はまだか』で吉川英治文学新人賞を受賞。2017年『満潮』が山本周五郎賞の候補に。2019年『平場の月』で山本周五郎賞受賞、直木賞候補、北海道ゆかりの本大賞受賞。ほかに『ロコモーション』『てらさふ』『ぼくは朝日』など。

にぎやかな落日（らくじつ）

2021年4月30日　初版1刷発行
2021年8月25日　　　4刷発行

著　者　朝倉（あさくら）かすみ
発行者　鈴木広和
発行所　株式会社 光文社
〒112-8011　東京都文京区音羽1-16-6
電話　編　集　部　03-5395-8254
　　　書籍販売部　03-5395-8116
　　　業　務　部　03-5395-8125
URL　光　文　社　https://www.kobunsha.com/

組　版　萩原印刷
印刷所　萩原印刷
製本所　ナショナル製本

落丁・乱丁本は業務部へご連絡くだされば、お取り替えいたします。

ISBN978-4-334-91398-4
JASRAC 出 2102367-104